長編官能ロマン

花萌《も》え

北沢拓也

祥伝社文庫

目次

好色くらべ

1

退社時間に近い午後の四時すぎ、課長の時任《ときとう》が、〈三矢《みつや》セメント〉の人事部を仕切っている草薙《くさなぎ》の部長室をノックしてきた。

「はいってくれ。開いている」

草薙が執務《しつむ》席から声をかけると、一揖《いちゆう》して入室してきた時任熊男《くまお》が、後ろ手にドアを閉め、のっそりと部長席の前に歩みかけてくるなり、

「退社後、お時間はありますか？」

草薙のデスクの上に両手をおいて、上司の顔をのぞきこむ。

「今夜かね？」

執務の手をとめて、草薙は顔を上げると、このところめっきり薄くなった白髪まじりの前髪をかきあげ、メタルフレームの眼鏡を顔からはずした。

老眼用の眼鏡は仕事をするときだけ掛けるが、髪に銀髪が増えてきたこともあって、五十をすぎた頃から甘さのある容貌に渋さと品が加わりはじめた。

もっとも、草薙が気にしているのは男として上背がないことであった。一六三に満たない背丈では、モデルのような長身の美女とデートしていても、おのが背の低さが気になって、心は浮き立っているのに、どこかしら落ちつかない。

だが妙なもので、自分よりも背丈のあるすらりと伸びやかな容姿の女性に、草薙は惹《ひ》かれてしまう。

小男のコンプレックスが、逆に男としての征服欲をかき立てるのかもしれない。

いま、目の前に立っている腹心の時任は、反対に背も一七五はあって、身体つきが巨《おお》きい。結婚して下腹が出てきたが、昔、ホストをしていただけあって、人心掌握術に長《た》けており、笑い顔の明るさも女性には受けるのか、社内の女子社員の評判もすこぶるいい。

かつて、広報室が発行している社内報で〈夫もしくは恋人にしたい理想の男性社員は誰？〉といった遊びの企画を立てて女性社員たちからアンケートを集めたところ、なんと人事部の時任熊男が第二位に選出された。

しかしながら、当の時任本人は、合コンのプロを自称し、その人当たりのいいソフトな物腰を女遊びに活用し、結婚したいまも、気ままに浮気三昧《ざんまい》の日々を送っている。

けれども、きちんとした仕事をし、業務には有能なので、草薙は彼の素行には見て見ぬふりをしている。

いや、見て見ぬふりをするどころか、社を一歩出れば、時任の浮気や女遊びを応援してやっているところがあり、部下の彼のほうも、直接の上司が味方だとわかると、腹を割って、なんでも草薙に打ち明けるようになった。

もともと人を介して、女には不自由しない以外、これといって能のない時任を〈三矢セメント〉に入社させたのも草薙で、営業部で叩《たた》かれて苦労したのが実になったのか、人事部にまわされてきたとき、時任熊男は人間がひとまわり大きくなっていた。

「ぼくが今日あるのも、草薙さんのおかげですよ……」

係長から課長へと昇進した祝いの席で、時任は草薙に笑顔を返し、目を細めながら、しみじみとそう言ったものだ。

また、時任は上司の草薙音弥《おとや》が、自分に輪をかけて女道楽に耽《ふけ》っていると知ると、草薙への恩義からか、合コンなどで知り合った女性をこっそりと紹介してくれるようにもなった。

執務机から顔を上げて眼鏡をはずした上司の、さいきんとみに品格が備わりつつある面《めん》貌《ぼう》を見返し、頷《うなず》きかけた時任が、分厚い唇辺《くちべ》に明るい笑みを浮かべた。

「……本社の総務の連中と今夜、飲み会の約束がありましてね、部長好みのあちらの女性社員も参加しますから、一緒にどうかと思いまして……」

草薙が平の取締役として籍をおく〈三矢セメント〉は、三矢建設のグループ企業の一つで、したがって本社といえば、〈三矢建設〉を指《さ》す。

「そいつは愉《たの》しみだが、今夜はちょっと都合が悪い……、人と会う用事がはいっている」

「これですか？」

時任が左手の小指を立てて、にやけてみせた。

「まあ、そんなところだ……」

草薙は顎《あご》を引きながら、スーツの上衣のポケットを探った。

「一服したくなったが、階下《した》の喫茶コーナーにつきあうかね？」

「お伴《とも》しましょう」

草薙は席を立つと、外套掛けにかけていたトレンチコートをつかんで、

「ぼくはそのまま帰らせてもらうが、いいかな？」

仰ぐように、部下の顔を窺《うかが》った。

時任と面と向かうと、部下といえども、相手の巨体に圧倒され、おのずと卑屈になってしまう。

時任のほうは、そうした草薙の劣等意識など意にも介さぬ様子で、

「どうぞ」

先に立って、部長室のドアをあけてくれる。

草薙は空咳《からせき》をし、自分だけの個室を抜けると、二十名弱のスタッフが仕事をしている広々としたオフィスを横切った。

何人かの一般社員が、部長室を出てきた草薙を見かけて、軽く頭を下げる。

オフィスの出入口近くでコピーを取《と》っていた髪の長い契約の女子社員が、草薙を認めると、手を止めて、最敬礼をした。

スーツスタイルのその女性に笑顔を向けながら、草薙は今夜会う直江美影《なおえみかげ》の一年前の容姿をふと思い出した。

課長の時任とエレベーターで一階のホールに降り立ち、吹き抜けになったホールの隅に設けられた喫煙のできる一画に赴き、丸テーブルを挟んで、肘掛椅子に尻を沈め合った。

昼間は来客用にオープンカフェにもなるこのコーナーもいまの時間はひと気がなく、コーヒーの出前もおわっている。

いや、ホール全体に人の影が薄くなり、受付嬢の麗姿も馬蹄《ばてい》形のカウンターのなかから消えている。

人に聞かれてはまずいプライベートな話をするには、おあつらえ向きの時間と場所だった。

時任と向かい合うと、草薙は煙草に火を点《つ》けておいて言った。

「きみのほうはさいきん、どうだね、こっちのほうは……？」

左手の小指を突き出してみせる草薙に、時任熊男も脚を組み、うまそうに煙草のけむりを吐き出し、頬をゆるめた。

「部長と同じように、適当にやっていますよ」

「……カミさんにはばれんようにしろよ」

「うちのやつなら、大丈夫ですよ。ぼくを信頼してくれてますから……」

言ったあと、時任は灰皿に煙草を揉みつぶすと、上司に顔を寄せてきた。

「その点、部長はいいですよ。誰に束縛されるわけではなく、いつも自由の身なんですから」

「いまだ家庭をもたぬ俺に対する皮肉か？」

「とんでもない。うらやましいんですよ、部長のような生き方がね……。しかし、帰宅されたとき、迎えてくれる家のものがいないというのは寂《さび》しくありませんか？」

「……それはあるわな。けど、その寒々《さむざむ》とした空気にも慣れっこになった」

「女房をもつとですね、わずらわしいこともときとしてありますが、家内の目を盗んで、別の若い女のからだを抱くのも、スリルがあって、なかなかいいものですよ」

時任がにやりとしてみせ、ひと呼吸おいて、つづけた。

「……先日も、合コンで親しくなった令嬢ふうがおりましてね、少々気性のはげしい娘《こ》でしたが、抱いてみるとセックスの経験が浅く、こっちがびっくりするほどの大きな声をあげてしがみついてくる始末です……。美人でしたし、肌もきれいなので、四発もやってしまいましたよ……」

「きみは元気でいいなあ」

課長の時任は、今年で四十三になる。

部下の浮気話を聞くにつけ、今年五十四になる草薙は、時任の性的パワーに妬《ねた》みさえおぼえる。

部下に人知れず嫉妬さえおぼえるのは、その絶倫ともいえるパワーにだけ向けられているわけではなかった。ひと晩に三発も四発も射精できるその女体への集中力と持久力とに、草薙は舌を巻くのである。

三年前、会社が大量リストラを余儀なくされたとき、専務の内海《うつみ》に命じられて、草薙は百名近くに及ぶ解雇人員の〝肩叩きリスト〟を、人事部の考課データをもとに作成した。

草薙が提出したリストによって、かなりの人員が解雇されたが、なかには草薙と親しくしていた同僚もいた。

「昨日の友は、今日の敵というわけか」

その同僚はそんな捨て台詞《ぜりふ》を吐《は》いて、社を去っていったが、人事部長としての義務と責任を果たしたとはいえ、草薙は暗澹《あんたん》とした日々を送るようになり、その苦衷から逃れるために、毎日のように浴びるほど酒を飲んだ。

そのため、肝臓をこわし、糖尿病を悪化させた。

幸い、肝臓のほうは回復したが、糖尿のほうはいまも血糖値が高い。

医者からもらう薬で血糖値を抑《おさ》えてはいるが、セックスの勃起力は年々衰え、いまでは女体を抱いても、二度に一度は必ずといっていいほど中折れする。

そんなわけで、部下の時任の挿入の際の持久性が、草薙にはなによりも妬ましい。

「……きみには感心するよ。よくそんなに出来るものだ。ひと晩に四発もされれば、相手のお嬢さんはもう離れたくないと言い出すんじゃないのか？」

「いやあ」

時任は照れたように首の後ろを撫《な》でながら、上司に上体を寄せると、苦笑いを浮かべた。

「いまどきの娘《こ》は割り切っていますからね、四発やっても、おわったあとはケロリとしてますよ。それにぼくは部長のようにしつこくあそこを舐《な》めたりはしませんから、ぼくとつきあう相手はスポーツでもやってる感覚でぼくとセックスするんじゃないですかね……」

「きみは舐めたりはせんのか？　なぜ舐めない？」

「匂いがだめなんですよ」

時任が微笑《わら》いながら、顔をしかめた。

「俺は匂いに昂奮するがな……、俺をよく知る旧《ふる》くからの友人たちは、俺のことを〝舐め専の草薙〟などと言っているよ。そうは言われるものの、俺の場合には、ボッキ力の乏しさを舐め技で補っているところもある……、さいきんはとくにその傾向が強い」

「……勃《た》ちが悪いんですか？」

草薙は伏し目がちに頷きかけ、新しい煙草に火を点けた。

「……勃つことは勃つんだが、中折れがひどくてな。糖尿のせいだと思うんだが……」

「糖尿ですが、そんなにお悪いんですか？」

時任熊男が、珍しく眉をひそめた。

「……血糖値が二百近い。しかし、だからといって女色をやめるわけにもいかん。きみのように何発もできるパワーはないが、やさしくて丁寧なのが、俺の取り柄だ。俺のような男でもつきあってみたいという女性がいたら、また誰か紹介してくれ」

「ご謙遜でしょう。部長は高給とりですし、使うホテルにしたって、ラブホを利用するぼくとはちがって、一流の高級ホテルに相手を誘うんですからねえ……部長についてくる若い娘《こ》はけっこういると思いますよ。男女関係って結局のところ、力関係ですからね……、承知しました、また誰か連れてきましょう」

「ブスはごめんだぞ」

「わかってますよ、部長の好みは……。三十代でもいいですか？」

「かまわんよ。美人で性格がよければな……」

言いながら、草薙はまたぞろ永田《ながた》町の大きなホテルで今夜六時に待ち合わせの約束をしている直江美影との情事を脳裡によぎらせた。

「俺はそろそろ出かけるよ」

腕の時計に目をやって、草薙は煙草を揉み消した。

「そうですか」

「きみはどうする？」

「飲み会は七時からですから、まだ時間があります。いったん部署に戻ります」

草薙がトレンチコートをつかみながら、腰を上げると、時任も椅子から立ち上がった。

「それじゃあ、ここで」

「お疲れさまでした」

明るく声を返す部下とホールで別れ、草薙は京橋《きょうばし》の社屋をあとにした。

トレンチコートを手にしたまま、草薙は夕闇に染まる広い通りに向かって、大股で歩き出した。

季節は三月にはいってあたたかい日がつづいてはいるが、朝夕が肌寒い日もあって、トレンチコートかスプリングコートがまだまだ手離せない。

広い通りで空車を拾い、永田町の高台にあるヒルトップホテルに赴く。

タクシーのなかで、ドアの窓を細目にあけて、煙草を喫っていると、上衣の内側の携帯の着信音が鳴った。

とり出した携帯をひらくと、連絡は美影からであった。

液晶画面の表示でそれを確かめておいて、草薙は携帯を耳にあてると、電話に出た。

「……ぼくだ」

「美影です。……すみません、十分ほど遅くなります」

中学生の娘がいるにしては、可愛らしく涼《すず》しげな声が、草薙の鼓膜をくすぐってくる。

「いいよ、待っているから」

草薙はおだやかな声を、美影に返して、携帯を切った。

2

直江美影は人妻である。

去年の晩秋まで〈三矢セメント〉の人事部で契約社員として働いていたが、彼女が籍をおいていた派遣会社の意向で、現在は中堅のアパレルメーカーに出向している。

年齢は三十五で、結婚が早く、二十一のときに産んだ娘がいまは中学の二年生になっていた。

夫はサラリーマンで広島に単身赴任の身であった。

いま彼女は京王線《けいおう》明大前《めいだいまえ》のマンションで娘と二人暮しだが、そうした美影の事情を草薙が知ったのは、初めて二人で食事をする機会をもった去年のクリスマスの夜で、草薙は娘さんへのお土産《みやげ》にと言って、豪華なクリスマスケーキを美影にもたせて帰した。

彼女が契約をおえた十一月の末、ほかのアルバイトで来ている職場の女性たちと一緒に送別の飲み会をひらいてくれたのはほかならぬ課長の時任だが、草薙は時任に知られぬように、美影を明大前のマンションまで送り届ける帰りのタクシーのなかで、こっそり携帯電話の互いのナンバーを交換しあっていた。

今年に入って、何度かしめし合わせて食事をするうち、男女の関係にまで進展した二人だが、草薙は美影とのいきさつだけは、時任には口をつぐんで沈黙を守り通している。

夫とは離ればなれに暮しているとはいえ、美影は人の妻であるという草薙の気遣いであった。

身体の関係が生じると、草薙は「娘さんとの生活費の足しに」と言って、密会のつど、美影に五万、十万と渡してやっている。夫からの仕送りと契約社員の仕事だけではそれほど余裕のある暮しが出来ないことを、美影の話の端々《はしばし》に感じとれたからだ。

夫と長年離れて暮している寂しさもあって、美影は草薙の誘いに応じてくれたようだが、彼女の美点はこちらの体調を気づかってくれるところにあった。

これまで、草薙は二度、美影と夜をすごしたが、初手の情交はむろん、二度目の夜も、草薙は中折れに見舞われた。

挿入のさなかに、草薙のものが鼠の亡骸《なきがら》のようにしぼみ、抜け出す事態に陥っても、美影は文句の一つもいわず、じっと耐えている。

「……すまん。糖尿が影響しているようだ」

「いいのよ、無理なさらなくても……、わたしは入れていただくだけで満足なんですから」

　女体の右側にごろりと汗ばんだ身体を投げ出す草薙のやわらかくなったものを、美影はほそい指で弄《いら》いながら、男の舌を吸い、充ち足りたように目を細める。

「それにわたし、女の大事なところをあなたみたいに丹念に舐められた経験って、あまりないの。夫にだって、めったにされたことないもの……、あなた、腋とかお尻まで舐めてくださるでしょう、あんないやらしいことされたことなかったし、あれだけでわたしは満足だもの……」

「イッてないのだろう、まだ……？」

　草薙の亀頭部のふくらみを揉みたてながら、美影は美しく紅潮させた端正な目鼻立ちの面《おもて》に、きまりの悪そうな笑みをそよがせて、小さくかぶりを振る。

「……大事なところを舐められたとき、イッてしまったわ。あなたは出さなくて、気持ち悪くないですか？」

「……そりゃあ、このままだとすっきりしないし、気持ち悪い」

「どうしたら、いいのかしら……、お口を使えばいい？」

「……玉を舐めてくれ。自分の手で出したい」

　草薙は仰向けになり、左手を使って手淫に耽りはじめる。右手の指で乳首を弄《いら》う。

「おまえの前でせんずりをかくのは恥ずかしいけど、男の尊厳をおまえの前では放棄したい……そうすることでひどく昂奮する。声、出してもいいか？」

「好きなだけ声、出したらいいわ」

草薙のひらかれた膝の間にまわりこんで踞《うずくま》った美影が、取締役としての地位や矜持《きょうじ》を投げ捨てて自慰に狂奔する男の痴態に声をふるわせ、口唇から差し出した舌で、草薙の亀頭冠のつややかなふくらみを舐めまわす。

薄紫色の鰓《えら》の部分が、美影の唾液に光りはじめると、草薙の声が弾んで、男根をしごく左手の動きのピッチが速まる。

「……せんずりを見せる俺を軽蔑するか？　軽蔑してもいいぞ」

「そんな……軽蔑だなんて。草薙さんはいい人だし、あなたのこと好きですし、あなたといると、気持ちが安らぐの……、あなたも美影といるときはお仕事のことは忘れて、うんとエッチになられたらいいわ」

美影が、亀頭部のふくらみに舌をまわし、ほどいて胸許に流した髪をはらい上げると、豊熟の白い乳房をゆらめかせて、草薙のふぐりに控えめに舌を這わせる。

「……おまえに玉を舐められると、昂奮するよ」

「ほんと？　主人は恥ずかしがるけど……」

「好きかい？　俺のきんたま……」

顔をしかめてくすんと笑った美影が、舌をそよがせながら、湿った声音で言う。

「……おいしくてよ」

「なにが？」

「いやぁん、あなた……」

「言ってくれ、なにがおいしいか」

「うふっ、キン、タマ……あなたの」

美しく整った抒情的な面に妖しい情感を含羞《はにか》みのうすら笑いとともに揺らした美影が、猛々しく勃起した草薙の、醜く鰓を張り出した亀頭部を口唇に含みこんで、頬をすぼめて、吸引した。

「おおっ、いい……美影っ……ケツの穴を弄《いじ》ってくれっ」

きれいな眉をひそめて男の亀頭部を吸い立てながら、美影のほっそりとした優雅な右手の指が、糞門をくすぐるように弄《いら》いはじめると、目もくらむような射精感に草薙の腰がふるえた。

「ううっ、出るっ」

おめきをあげて、草薙はポンプから水を弾き飛ばすような勢いで、白濁した精を放射させていた。

「……見ちゃった、草薙さんが出すところ」

赤らめた顔を昂奮にしかめて、美影がひくひくと脈打ちつづける草薙の赤黒い男根の幹から濡れた亀頭部にかけてを、舌でねっとりと掃《は》き上げてゆく。

――これが、美影との二度目にすごした夜の顚末《てんまつ》だが、永田町のホテルに向かうタクシーのなかで、直江美影の色白の瑞々しい肌や女にしては上背のある括《くび》れに富んだ肉感的なプロポーション、長大に勃起した男根を挿入したときの淫猥に歪む顔つき、そして美しい唇から切なげな吐息とともにこぼれる淫らな言葉を思い出すと、草薙のズボンのなかの男根は条件反射のようにむくむくといきり勃ってくる。

だが、好色な気力がみなぎる反面、中折れの不安に心はさいなまれ、気分が暗く沈む。

けれども、美影と会いたいという人の妻の肉体への執着が先行し、草薙の沈んだ気分を奮《ふる》い立たせる。

ホテルの正面エントランスの前で、料金をはらってタクシーを降り、回転扉をくぐると、草薙はフロントのカウンターに足を運んだ。

高層階のダブルの客室を予約しておいたので、投宿の手つづきは簡単にすみ、草薙はキィを受け取ると、案内は断わって、フロントのカウンターを離れた。

一流ホテルに部屋を借り、レストランでの食事代も含めると、美影との一回の密会デートに十万近くの金が消えるが、草薙の年収は、夏冬のボーナスも入れると二千万を越える。妻子をもつ身ではないし、独りで起居している三宿《みしゅく》の2LDKのマンションの部屋はバブル期に分譲で購入したもので、家賃を払う必要もない。

さらに専務の内海にすすめられて始めた個人投資の株が儲《もう》かる月もあって、老後に一抹《いちまつ》の不安はあるにせよ、女とのデートに費やす金には困らない。

ロビーの奥の、オープンラウンジのテーブル席に大理石の壁を背に尻を沈め、コーヒーを頼んで、美影を待った。

グレイのパンツスーツに手足の長い上背のある肢体を包んだ直江美影が、トートバッグと白のハーフコートを手に、草薙の前にあらわれたのは、約束の時間より十五分ほど遅くなった頃合であった。

「ごめんなさい、遅くなってしまって」

俯き加減に視線を伏せて、草薙の前に腰をおろす。

「だいぶ、待ちました?」

紅茶を頼んだ美影が、面を上げて求愛の光を双眸に灯《とも》して、草薙の顔を見つめ、なまめかしく微笑みかける。

目許の涼しげな清々《すがすが》しい容色が、地味な装いのボディラインのせいもあって、かえって美しさとあでやかな雰囲気を際立たせる。

豊富な長い髪を、ヘアバンドで頭の後ろに一つに束ねた髪型が、奥ゆかしくも女らしく映る。

「いや、十分ぐらいだ」

残りのコーヒーを啜《すす》って、草薙は、運ばれてきた紅茶のカップに上品に唇《くち》をつけている美影に向かって、相好《そうごう》を崩《くず》した。

「今夜はゆっくりできるの？」

「いつもと同じでいいわ。あまり遅くなって日付が替わる時刻だと、娘が心配しますけど、いつものように十一時頃に帰していただければ……」

「娘さん、ぼくらのことに気づいてはいないだろうね？」

「気づいていたら、大変……大丈夫よ、そのへんは上手にやってますから」

愁眉《しゅうび》をひらいた美影が、草薙と顔を合わせて、にこやかに微笑う。

相手の人妻という立場を忖度《そんたく》して、草薙はあれこれと気をつかうのだが、どうやらその必要はなさそうである。

美影は、草薙の配慮が不要なほど、したたかに立ちまわっているようだ。

「食事だが、今夜はなにを食べたい？」

「そうねえ……さっぱりしたものがいいかな」

言ったあと、美影は和《なご》やかな笑みを、草薙の顔に向けた。

「あなたはどんなものが食べたいですか？　あなたに合わせますけど」

「俺は美影のあそこを、早く食べたい」

「いやだ、莫迦《ばか》」

うるんだ目で美影が笑って、ほそい声で草薙を詰《なじ》る。

「それじゃあ、和食にするか。しかしたまには肉を食べたくなる。あまりカロリーの高い食事は身体によくないことはわかっているんだが、たまには肉料理を口にせんと考え方が前向きにならん」

「……お肉もいいわねえ」

美影が目を細める。

「鉄板焼きなんか、どうだ？」

「いいわよ、わたしは……」

「先に食事をする？　それとも、部屋でゆっくりしたあとにする？　上に部屋はとってある……」

「あなたにおまかせするわ。お腹《なか》はいまは空《す》いてないから……」

涼やかな目許を赤らめて視線を伏せる美影に欲情の気配を感じとり、草薙は伝票のシートをとり上げた。

「部屋に上がろう」

トレンチコートをつかんで腰を上げる草薙に合わせて、美影もトートバッグとハーフコートをとり上げると、席を立った。

利用階に上がるエレベーターのなかは二人だけで、唇を合わせたかったが、草薙よりも背のある美影とディープキスに興じるには、爪先立ちに背伸びしなくてはならず、それも面倒なので、エレベーターのなかでのキスは控え、客室に上がって、ベッドルームに灯りを入れ、互いに部屋履《ば》きにはき替えると、草薙は三十五になる人妻を抱きすくめて、もつれ合うようにキングサイズのベッドの上に倒れこんだ。

ベッドの上で美影を横抱きにして、唇を重ね合う。

草薙に舌を誘い出された美影の厚みのあるやわらかな舌が、唾液《だえき》を曳《ひ》いて男の口の中を駈けまわった。

草薙は舌の先に巻きついては踊りくねる美影の太い舌を唾液ごと吸い立てるうちに、どうにもおさまりがつかなくなり、ファスナーを引いてズボンの窓から勃起した男根をつかみ出していた。

湯気でも立ちそうなほど猛々しくいきり勃った男根を外気に晒《さら》し、美影の手指を導く。

「……硬くなっているわ」

男の舌を吸い返した美影が、うっとりと夢でも見るような表情をつくって、ほっそりとした指で草薙の男根の亀頭部の鰓の周《まわ》りを揉み弄《いら》う。

草薙は低く呻く。

「……ここにくるタクシーのなかから勃っていたよ。おまえのことを考えていたら……」

「ほんとに。だったら、うれしいけど……」

「しゃぶってくれるか？」

含羞み微笑って頷きかけた美影が、

「シャワー、使ってらして……、お口を使ってあげますから」

ふとぶとした草薙の男根の幹に、慈《いつく》しむように指を這わせて、目を細める。

草薙は身体を起こすと、ベッドを出て、クローゼットに歩みかけ、てきぱきと裸になった。

ベッドルームには暖房がはいっているので、初夏のように暖かい。

レースのカーテンの隙間から窓の外に展《ひろ》がる夜景の眺望を、身を乗り出すようにして見入っていた美影が、二重にカーテンを降ろすと、ベッドの枕許のナイトライトに灯りを入れて、ベッドルームを暗くする。

草薙はバスルームに立って、シャワーで身体を流した。

全裸になった美影が、いったんほどいた髪を頭の後ろにまとめ上げ、双の乳房をゆさゆさと揺らして、バスルームに入ってきた。

色白の厚みのある腰つきや、黒々となびく扇状の性毛の繁りが、草薙に淫蕩な動物を想起させ、彼の劣情を煽《あお》る。

湯水が噴き出しているシャワーのトップを美影に手渡して、草薙は背を屈め、人妻の出産を経験しているにしては黒ずみの薄い桜色の乳首の実を舌で弾いて、口に含む。

「……あン」

美影が甘い声を、可愛らしくたてる。

「先に出るが、ベッドでオナニーをしていていいか？」

「どうぞ。気分を出されていたらいいわ」

顔を羞《は》じらいにしかめて微笑って言いながら、美影は背を向けて、雪肌にシャワーをそそぎはじめる。ふっくらとまろみを帯びて引き締まったお尻の白さが、草薙にはまばゆい。

草薙はバスタオルで身体をぬぐいながら、バスルームを出ると、ベッドの上の掛け布をはぐって床にはらい落とし、素っ裸でベッドに上がった。

手枕をしてベッドの上に仰臥《ぎょうが》している草薙を目にして、髪を長く流して戻ってきた美影が、ひろげたバスタオルを裸体の前にあてながら、

「自分の手でしてなかったんですか？」

悪戯《いたずら》っぽい目で、訊く。

「もう充分、勃っているからね……、それにせんずりをかくなら、おまえに見られながらのほうが、昂奮するよ。……俺の顔の上に来てくれ」

ベッドの左サイドにまわった美影が、好色そうな目になって、バスタオルを捨てると、ベッドにはいってくるなり、草薙の面上を跨いだ。

草薙は頭を起こし、女の括れたウエストラインに両手をまわすと、美影の黒々とした繊毛がそよぐ下べりの、舟状にやわらかく割れひらいた剝き貝のような眺めの部分に下方から舌をそよがせた。

「あんっ、ああーんっ」

泣くような声をあげて、腰を沈めた美影が、上端の小指の先ほどにぷっくりと勃ち上がった鋭敏な肉の実に草薙の舌がからむと、腰をがくがくとふるわせた。

円錐形の双つの乳房が白い輝きを放って、転《まろ》ぶように豊かに波を打つさまが、刺戟的である。

長い双の脚を膝を立ててM字形にひらき、腰を引き降ろし、両手をベッドの枕許の上の壁にあてた美影の女の部分が、草薙の舌に打たれて、菱形にぱっくりとひらき、内側の女唇がそそり伸び、左右に捲《まく》れて充血に染まる。

双ひらのその女唇の狭間にうるみが湧き出し、草薙の舌に弾かれて、水音を起《た》てる。

「男の顔の上にうんこ坐りにすわりこんで、舐められる気分はどうだ？」

「……いやっ」

羞じらいの笑い声をくぐもらせた美影が、そそり伸びた対《つい》の女唇をひとひらずつ吸引されると、

「いやぁん、吸っちゃあ」

悲鳴のような声を上げた。

「……俺は吸いたいんだよ。べろべろ舐めながら、こうして吸いたい」

「吸われると、気持ちよすぎて、おかしくなるわ……いやーん、気持ちよすぎ……」

「どこが？」

「あン……あそ、こ」

「もっと前にきてくれ。おまえのお尻の穴を舐めたい」

「なら、逆向きになるわ」

いったん腰を浮かせて立ち上がった美影が、裸体の向きを変え、さかさまに色の白い裸身を草薙の身体の上に重ねて、男の天を衝《つ》く勢いで屹立した肉柱を舐め上げる。

亀頭冠のふくらみに美影の舌がぐなりと滑り舞うと、草薙は唸りを洩らし、相手の真っ白い尻の双丘を両手でひらき、清潔そうに穴をすぼめた人妻の焦《こ》げ茶色にくすんだ排泄の蕾《つぼみ》に、舌の先をくるめかす。

「ああーんっ」

唇での奉仕を中断して、美影は喉をふるわせ、感じ入った声をあげた。

「もう降りてくれ。そろそろおまえに乗っかりたいっ」

男の上から左側に移り出た美影が、裸体の向きを正常に戻しながらベッドシーツに身を横たえ、身体の向きを横にする草薙に抱きついてきた。

草薙は美影と口を合わせて、差し出される舌を吸い、人妻の裸体を仰向けに寝かせると、相手の右の腕を枕許に押し上げた。

美影の腋窩《えきか》は、きれいに腋毛の手入れがなされていた。

「なんだ、腋の毛を剃《そ》ってしまったのか……、俺はチョロチョロと毛が伸びかけているほうが、昂奮すると言ったろう……」

「……恥ずかしいもの。いいわ、まだ袖なしを着る季節じゃないし、今度、会うときは剃らずにおくわ」

草薙は、美影の汗が匂う右の腋窩をくり返し舐めあげ、彼女の窪んだ肉の環のような秘口から右手の中指をくぐりこませる。

「ああーんっ、あまりかきまわさないでッ」

美影の女の洞《ほら》はぶつぶつした天井部分がいくぶんふくらみ、子宮口に近い箇処が湾のようにへこんで、やわらかくとろけている。

そのとろけきった肉襞のへこみを、指さきで捏《こ》ねくると、美影は泣き声をあげて、腰を狂ったように波打たせた。

草薙は指を抜き出し、身をよじる美影の上に、おおいかぶさる。

「……ううッ」

草薙に貫かれた美影は、顔をしかめて、小さく呻き、男の背に両手をまわしてきた。

だが、腰を振るうち、草薙のものは頼りなく硬度を失ってゆく。

「……休憩しよう。少し疲れた」

草薙が女体の上から離れて、右どなりに裸の身体を横たえると、美影はすべらかな裸体をすり寄せてきた。

美影が股の間から発する饐《す》えたような牝《めす》の臭気が、草薙の鼻腔をくすぐる。

「わたしが上になります?」

「……自分でするよ」

草薙は美影の愛液を浴びてぬらぬらした男根を左の手で揉みしごきはじめた。

「だったら、わたしもするわ」

「見せてくれるのか、女のせんずり……」

羞恥に赤く火照った顔をしかめて頷きかけた美影が仰向けになると、白い股を放胆にひらき、右手で繁みをかきわけるようにして、指を使いはじめた。

「おまえもオナニーするのか?」

「しますよ。娘がいるときはしませんけど……」

「どこを弄《いじ》っている?」

「……クリト、リス」

「指は挿入《いれ》ないのか……」

「いれない……上のほうを弄りながら、気持ちよくなるの」

「お実《さね》が気持ちいいと言ってごらん」

「……ふうーん、おさね、気持ちいいっ」

眉間を淫猥に歪《ゆが》め、内側に折り曲げた白い指を烈しく踊らせ、ハッ、ハッと鼻にかかった喘ぎをあげて、美影は迫《せ》り上げた腰を左右にひねり、ときにゆすぶりまわして、露出の自慰に狂奔した。

草薙の男根が硬度をたぎらせて、醜く勃起する。人妻のオナニー行為を目にするのは初めてで、それが草薙に新鮮な昂奮を呼んだ。

「……いきそうだよ、俺。口まんこしてくれっ」

身体を起こして、身をのたうたせる美影の顔の右側に踞り、しごきたてる男根を女の喘ぐ唇許《くちもと》に突きつけた。

淫猥な顔つきをつくっていた美影が、鼻を鳴らして、草薙のつややかに鉛《なまり》色に光る亀頭冠に口唇を被せ、桃色の舌を大きくまわした。

それを見たとき、手淫に耽る草薙の脳天が痺れ、目もくらむような放射の快感が駈け上がってきた。

「うむう……出るっ」

口の奥で唸り、草薙は腹の肉をうねらせて、美影の口中に、粘っこい精をどくどくと射ち放っていった。

3

週が明けた木曜日の、夕闇が濃くなった時刻、草薙は社を引き取って、新橋《しんばし》のプラザホテルに、タクシーで向かっていた。

この日の午後の二時近く、会社から近い老舗《しにせ》の蕎麦《そば》屋の小上がりで、草薙は部下の時任と蕎麦をたぐったが、その折、時任が、箸を止めて、

「今夜の予定はどうなってます？」

意味深な口ぶりで、上司の顔をのぞきこんできた。

「今夜か。別にまだどうするか、きめてはおらんよ」

「でしたら、わたしと上村《うえむら》真弓《まゆみ》につきあってくださいよ」

「マユミって誰？」

「先日、部長の耳に入れたじゃないですか。合コンで親しくなった……」

「ああ、きみがひと晩に四発もやったというお嬢さんか……」

照れ微笑いを浮かべて頷きかけた時任が、周囲に目を配って、草薙の前に顔を寄せてきた。

「……真弓の親しい女友だちに石黒千草《いしぐろちぐさ》という娘《こ》がいましてね、真弓の話では部長のような五十代のリッチなセフレを求めているんだそうです。部長さえよければ、今夜、一緒に連れてくると言ってますが、どうします？」

「なにをしている娘《こ》だね？」

「東新宿の大学病院の事務局で、事務員をやっているそうです。真弓と同じ二十七で、真弓に言わせると、身体つきのほっそりとした性格も素直な美人だそうですよ。ちぐさは千に草と書くんだそうで……」

「俺の好みのタイプだ。会うだけでも会ってみるか……」

「そうですか。それじゃあ、真弓に連絡を入れてきます」

携帯をとり出した時任は、座敷になった小上がりを出てゆくと、十分ほどして、草薙の前に戻ってきて、早口で言った。

「真弓がその娘《こ》を六時にプラザホテルの喫茶室に連れてくるそうです。ですから、部長も一緒に来てくださいよ」

「……六時か。四時から首脳部会議があるから、会議をおえて駆けつけるとして、六時半頃になるな」

「それでしたら、ぼくは先に二人の相手をしていますから、なるべく早くいらしてください」

草薙は頷きかけて、茶を啜ったあと、訊いた。

「四人で食事をすることになるのかね？　それともお互いカップルに別れて、別行動をとる？」

「そのほうがいいでしょう。四人で顔を合わせたあと、真弓はぼくとセックスするつもりになってますからねえ……、別行動をとって、部長は部長で石黒千草を口説かれたらいいですよ」

「……石黒千草という娘《こ》だが、会ったその日に、男と寝る娘かね？」

「さあ、その辺のことはぼくにはわかりかねますが、覚悟はしてるんじゃないですか、部長にそっちのほうを誘われるのは……。部長のムードづくり次第だと思いますがね……」

「ムードづくりか……苦手なんだ、俺。まあ、いい。エッチはあまり期待せずにメシでも喰《く》うことにするよ」

昼間、そんな話を時任とし合い、会議をおえたあと、草薙は部下と二人の女の子が待つホテルにタクシーを走らせた。

回転扉をくぐり、草薙が客の影の薄い一階の喫茶室に足を踏み入れると、

「部長、ここです」

二人の都会的な雰囲気《ふんいき》の若い女性の前に坐っていた時任が椅子から立ち上がって、入ってきた草薙に明るく手を挙げてみせた。

頷きかけた草薙は表情を崩して、時任がすすめる窓ぎわの奥の席に、スプリングコートも脱がずに腰を落とした。

二人とも、草薙が想像していたよりも、清潔感のある垢抜《あかぬ》けのした美形であったからだ。

「コーヒーでいいですね」

上司の草薙にコーヒーを頼んでくれた時任が、椅子にどっかと腰を据えると、

「真弓、部長に挨拶をしないか」

目の前の、黒革のハーフコートに肉感的な身を包んだ、目のぱっちりとした美女に声をかけた。

「……上村といいます。時任がお世話になってます。今夜はわたしの友だちを、部長さんに紹介したくて」

いかにも利発そうな目の輝きを、草薙に向けてくる。

「それはどうも……」

草薙が照れて、首筋を掻《か》いてみせると、上村真弓と並んで坐っていた紺のスーツの、顔

の輪郭のおだやかな、ほっそりとした頤《おとがい》のラインが美しい娘《こ》が、伏せていた目を上げて、

「……初めまして。石黒千草です」

繊細な鼻筋にくすぐったそうな笑みを刻《きざ》んで、草薙を見つめてきた。

こちらの顔をまっすぐ見つめてくる視線の真摯ななまめかしさに、草薙のほうがどぎまぎさせられていた。

切れ長の瞳に宿る成熟した艶《つや》っぽい光に比べ、唇許にゆらぐ初々《ういうい》しい含羞みに、五十男の下劣な性欲の血が久しぶりに騒いだ。

「申し遅れました、草薙といいます」

草薙が手渡す名刺を頭を下げて受けとった石黒千草が、淡いベージュのコートと一緒に膝の上においたバッグにそっとしまうのを見てとった時任が、

「うちの部長は人当たりは丁寧だが、ベッドでは舐め魔に変身するんだ。ぼくはあっさりスケベだけど、部長はねっちりスケベ」

冗談っぽく茶々を入れる。

「おいおい、俺の顔が赤くなるじゃないか。おまえさんだって、そっちのお嬢さんとこれからスケベなことをやるくせにさ」

顔を赤らめて可笑《おか》しそうに笑っている上村真弓に、草薙が視線をまわすと、

「わたし、部長さんのようなタイプ、好きですよ」

石黒千草が、助け舟を出すように、時任に向かって、羞じらい微笑いながら、愛くるしく言った。

「これはどうも。失礼したね」

時任が、石黒千草と草薙をにやにやしながら順ぐりに眺めて、目を細めてみせる。

「俺は千草くんが気に入ったよ。早くカップルになろうじゃないか」

目を伏せている石黒千草の、さらさらと肩にかかったレイヤーの黒い髪に目をやって、草薙は運ばれてきたコーヒーには口をつけずに、右どなりの部下に顔をまわした。

「そうしますか」

時任熊男は気をきかせて、四人分の伝票をとり上げると、席を立って、レジをすませる。

ホテルを出たところで時任たちと別れて、草薙は、淡いベージュのロングコートを着込んだ石黒千草と肩を並べて、近くのタクシー乗り場に向かって、歩き出した。

二十七になる石黒千草は、時任が言っていたようにスリムな身体つきで、背丈も草薙と釣り合いがとれていた。

草薙は先に千草を乗せ、あとから乗りこむと、運転手に行き先を告げた。

「紀尾井《きおい》町のオリエントホテルに――」

草薙の口から有名なホテルの名が出ても、千草は困った表情も見せずに、とり澄ました顔つきをつくっている。

実の父親とそう年齢の変らぬ草薙にすべてをゆだねる肚《はら》づもりになっているのか、それとも一緒に食事だけしてさよならするつもりなのか、若い千草の心情は草薙にはわからない。

だが、現代的なややシャープな目鼻立ちのわりには面《おも》立ちに男の下心をそれとなく受けとめてくれそうな、おだやかで優《やさ》しげな情感が漂う石黒千草に、草薙の期待感がふくらむ。

草薙は、千草のきれいな横顔をチラチラと盗み見ながら、身体を寄せた。

石黒千草の、つややかなレイヤーの髪からは爽《さわ》やかな柑橘系の香りが寄せてくるが、その微風のような香りにまじって、甘いミルクのような匂いも、草薙の鼻腔を掠《かす》める。二十代の女の、若々しくもなまなましい息吹に、草薙は相手に気どられないように鼻を鳴らし、千草のほっそりとした白い手指に、思いきっておのが右手を添《そ》えていた。

「……食事だが、千草はなにが好き?」

石黒千草は重ねられた手指を引っこめたりはせず、

「わたし、お寿司が好物なんです。お寿司は駄目ですか？」

悪戯《いたずら》っぽい目を、草薙の顔に向けてくる。

「それじゃあ、食事は寿司にしよう。これから行く大きなホテルのなかに、銀座に本店がある寿司の名店が店を出しているからね、そこにしよう」

「……素敵です」

「食事のあと、千草と部屋でゆっくりしたいが、どう？」

耳許に口を寄せられた千草が、くすぐったそうに身をよじって、俯きながらも、小さく頷きかける。

草薙はここを先途と、貝殻細工のような千草の耳に息を吹きこみ、

「ぼくはもう年で、中折れするし、男としてあまり自信がないんだが、千草を愛する気持ちは誰にも負けんつもりだ。今夜はぼくにつきあって欲しい……」

千草の手の甲をこすりながら、言った。

石黒千草はびくりと敏感そうにロングコートに包んだ細身の身体をふるわせ、

「わたしでいいんですか？」

目を伏せたまま、声音を上ずらせた。

「それはぼくの台詞《せりふ》だよ。ぼくと男と女の交際をして欲しい……、大事にするからさ」

「……わたしも草薙さんのような、うんと年上の男の人が欲しかったんです。わたし、ファザコンなんですよ」

含羞みを含んだ顔つきで、きらきらと濡れた目で草薙の顔を見つめ返した千草が、なだらかな白い頬を赤らめて、

「それに……」

羞じらいの口ぶりで、ぽつりと言う。

「それに、なに?」

真顔になった石黒千草は、

「……真弓が時任さんと今夜、エッチしてると思うと、彼女がなんだか妬ましくなって……、わたしも負けずに愉しまないと……って、考えてましたし……」

言いにくそうに呟きかけながら、甘えかかるように草薙の肩口に、小さな頭をあずけてきた。

4

大きなホテルの、正面入口を千草と一緒に抜けると、草薙は先にフロントに立ち寄っ

て、ダブルの客室を借りた。

部屋のキィを受けとって、石黒千草を長い廊下のさきの高級寿司屋に連れて行き、カウンター席に並んで坐って、草薙は焼酎を頼み、ビールにした千草とグラスを重ね合わせたあと、おまかせで握ってもらった。十カン近く握ってもらい、勘定をすませて、千草と借りておいたダブルの客室に上がった。

夜景が一望できる高層の一流ホテルに投宿したことがかつてないらしく、千草は少女のようにはしゃぎ、広く切られた窓にレースのカーテンを引くと、自分のコートと一緒に草薙のスプリングコートをクローゼットのハンガーに掛けてくれる。

「名店のお寿司はやっぱりおいしいですね、また連れて行って下さい」

部屋履きにはき替えた千草が、草薙にもスリッパをすすめて、甘えるように言う。

「また連れて行ってあげよう。ぼくはシャワーを使うが、千草はシャワーは帰りがけにしてくれないか。千草の身体のナチュラルな若い匂いを堪能したいんでね……」

クローゼットに立って、草薙は服や下着を脱ぎとり、トランクス一つになると、肘掛椅子に坐った千草に、おのが趣味を口にし、彼女の前に進んで、頬をゆるめた。

「千草がぼく好みの、清楚だが敏感で、根はスキモノのきれいな娘《こ》だから、ぼくはみっともないほど勃ってしまったよ」

「そんなァ、きめつけないでくださいよ」

肘掛椅子に沈めた細身の肢体をよじるようにして、羞恥に顔をしかめた千草が、トランクスの窓からつかみ出された草薙の長大に勃起した男根を目にすると、

「やだァ、お行儀悪いっ」

桜色に美しく色づいた顔を横に背けながらも、草薙にすっかり気を許したような、粘った笑い声をたてた。

「……でも、当たっているかもしれません。わたし、異常なのかなァ……シャワーをする前の女の娘《こ》の部分を、お口で愛されるほうが感じるんです」

きまり悪そうに、だが思いつめたような濡れた眼差しで、草薙をじっと見つめる。

草薙は身体がカァーッと熱くなり、千草の傍《そば》にまわると、裸同様の身体を屈めて、唇を求めた。

目を閉じた千草が、顔を仰向けて唇を塞がれると、眉間を寄せて、細い舌を差し出し、草薙に吸わせた。

草薙は、ちろちろと悪戯っぽくそよぐ千草の細い舌に粘っこく舌の先をからめると、

「ベッドで待っていてくれ。大急ぎでシャワーを使ってくる」

あえかに鼻を鳴らす千草をベッドルームに残して、大股でバスルームに立った。

草薙が、シャワーで身体を流し、暗くなったベッドルームに戻ると、ベッドの枕許に小さく灯りを入れた千草は白い裸身をひと足さきにキングサイズのベッドのなかにひそめて、面映《おもは》ゆそうな顔つきで、草薙を待ってくれていた。

裸の腰にバスタオルをあてがって、ベッドの右側にまわる草薙に羞じらいの笑みを投げかけて、千草は上掛けを横にはらいのけると、クリーム色に輝く全裸の肢体を、惜《お》しげもなく男の目に晒し、か細いがすんなりとした右の腕をもたげて、左の手であけた腋の下を隠しながら、

「腋の手入れをしてないの。いいですか」

含羞みながらも、悪戯っぽい目で、草薙に訊く。

「かまわんよ。俺は腋毛を始末していないほうが好きだし、昂奮する」

草薙は腰にあてていたバスタオルをはらい捨ててベッドに上がると、千草の傍《かたわ》らに添い寝の姿勢をとって、相手の真っ白い右の腕をさらに押し上げた。

「そうなんだ」

左の手を上半身の傍に投げ出して仰向けになった千草がため口で可愛らしい笑い声をたて、うっすらとけむりのように繊毛がそよぐ右の腋窩に、草薙の舌が走りはじめると、

「やだァ、くすぐったいけど、ぞくぞくしちゃう」

顔をしかめながらも、切なげに鼻を鳴らし、ベッドの上で無防備に股をひらいた。

草薙にすべてを許したように、お椀形の乳房をふるわせ、色の白い括れに富んだ細身の肢体をくねらす若い千草に激昂し、

「おまえのきれいな身体の隠れた部分を舐めたいっ」

草薙は上体を起こした。

無防備に八の字にひらかれた千草の双の脚の間にまわり込む。

絖《ぬめ》白《しろ》く光るしなやかな双の腿のあわいにふっさりと繁茂する漆黒の毛のむらがりをかき上げ、ベッドの上に跪《ひざまず》いて、千草の伸びのある双の脚を押し上げ、Mの字にひらかせる。

「……丸見えだぞ、千草」

「やだっ……」

お尻の穴まで露《あら》わにされる羞恥に顔を背けながらも、本能的なマゾヒズムの性情を煽《あお》り立てられて、石黒千草は感じ入ったように喘ぐ。

耳のような形状の秘部が、内側の花弁を鶏のトサカのように鋭く捲れぎみにひらいて、薄紅色の襞の連なりを鮮やかに露呈させていた。上べりの莢《さや》をはらった肉の芽が尖ったように屹立している。

「どっちを舐めて欲しい？　スケベそうなまんなかの穴のまわりか、それともケツの穴の

ほうか、どっちを舐めて欲しいんだ？」

「そんなこと、訊かないでください……」

「俺は訊きたいんだよ」

「……草薙さんの好きなほうを、お口でしてッ」

くねくねと上半身をくねらせて喘ぐ千草の、小さいながらも丸々としたお尻のすべすべした双の小山を横に押しひらいて、草薙は、つつましげに孔《あな》を閉じた葡萄《ぶどう》色のすぼまりに舌の先を押しあて、ねっとりとした舐め上げをくり返した。

「ああーッ、いやッ、ああーんッ」

顔を振り子のように左右に傾けながら、千草が甲高い声をなまめかしくあげる。

「うんこの匂いがするぞ」

「いやだァ……嘘？」

「……千草のお尻の穴、おいしいよ」

「だめっ、舌なんかいれちゃあ、どうかなっちゃう……もうお尻は許してッ……前のほうを、お口でしてえっ」

「前のほうってどこ？　言いなさい」

「……おま、んこ」

可愛らしく言い放つ千草の羞恥の表情に、草薙は逆上状態になり、彼女の感じやすい肉の芽を舌でころがし、捲れひらいた花弁を夢中になって吸い立てた。

「いやあ、すごいッ……あああッ」

草薙がねぶり、舌を踊らせる千草の女の部分が水飴《みずあめ》でも流したように溶け出し、甘酸っぱい臭気がひろがり、彼の顔面をよぎる。

千草の秘口から右手の指を二本挿し込み、草薙はくぐりこませた二指で、若い石黒千草の内奥をかきまぜるように捏ねくり立てた。

「あああッ……千草、だめになっちゃう」

中ぶくれの花挿しのようにぽっかりと空洞になった千草の女の隧道《ずいどう》が、肉襞をねちゃねちゃと収縮させて、草薙の深くくぐりこんだ二指をあたたかく締めつける。

二指をぐりぐりとまわし込みながら、草薙は千草の尖り勃った肉芽に吸いつく。

「いっちゃう、千草、もうだめッ」

引き絞るようなよがり声を、高く低く上げて身悶えていた千草の細腰が、不意にがくがくと痙攣した。

「俺のちんぽこにも、口で挨拶してくれ」

上体を起こして、裸身をひくひくと波立たせる千草の右傍に仰向けになる草薙の、天井を睨んで雄渾にそそり勃った肉柱の眺めに目を細めた石黒千草が、羞じらいの笑みを唇許に揺らしながら、男の腰の傍らに跪いた。

髪をかき上げた千草に棍棒と化した男根を付け根のほうから亀頭部にかけて、細い舌で舐め上げられると、草薙は挿入を怺えられなくなった。

「おまえとやりたいッ、ぶちこみたいッ」

身体を起こして乗りかかる草薙を、千草が仰向けになって、股をひらき、双の脚を跳ね上げて迎えこむ。

正常位で挿し込み、草薙は珍しくぐいぐいと腰を振っていた。千草のあたたかく吸い込むような肉襞のうねりに、射精感がこみあげ、草薙は野獣のように唸り、抜き挿しを速めた。

「ああーんっ、草薙さん、すごいッ……すごいよ……ふとくて、気持ちいいッ」

若い千草に背を抱かれるのも刺戟になり、草薙はおめきをあげると、おのがものを抜き出して、どくんどくんと射精していた。

「ちゃんと、できるじゃない！」

千草が嬉々とした顔つきで、上体を打ち伏す草薙にひしと抱きついてきた。

前戯と挿入

1

「……それでは社長のご健勝とわが社の今後の繁栄を祈って、乾杯しましょう」

壇上に立った草薙は、夫人とともに椅子《いす》に腰をおろし神妙な顔をつくっている社長の佐《さ》山《やま》に一礼しておいて、

「乾杯！」

居並ぶ〈三矢グループ〉の面々に向かって、グラスを上げた。

五百人は優に超す会場の列席者から口々に「乾杯」の声が上がり、無数のグラスが上がる。

お台場《だいば》の大きなホテルで開かれた〈三矢セメント〉社長の佐山の喜寿《きじゅ》を祝っての立食パーティの会場であった。

ホテルの地階に並ぶ宴会場のなかでも、とくに大きなレセプションホールを用意して開

宴された会は、出入口のドア近くまで人が立つほどの盛況ぶりで、七十七とも思えぬほど矍鑠《かくしゃく》とした佐山の人徳をうかがわせるに充分であった。

本社の〈三矢建設〉からも重役陣のお歴々をはじめ管理職の部課長クラス、一般社員まで何十名と来ており、草薙の乾杯の前に、本社の役員たちも壇上に上がって、佐山に祝辞を述べた。

専務の内海《うつみ》に頼まれて、乾杯の音頭をとらされた草薙だが、会場での彼の気分はいつになく浮き立っていた。

それというのも、部下の時任熊男が、会場に向かうタクシーのなかで、

「本社の総務に八神由紀恵《やがみゆきえ》という四十代の美形がいるんですがね……、彼女、どうやら部長のような五十代の紳士が好みのようでしてね、紹介していただければ、部長とこっそり交際してもいいと言っているんですよ……」

耳打ちするように秘めやかに伝えてくれたからであった。

「……今夜の社長の喜寿のパーティに駆り出されているそうですから、会場で引き合わせますよ」

車の後部座席に並んですわっている上司の横顔を盗み見るようにして、課長の時任は、草薙の耳にそう付け加えた。

「待ってくれ。俺にも女の好みってものがあるからなあ……向こうさまがそう言ってくれても、四十すぎというのはなあ」

「どう見ても四十三には見えない女性ですよ。美人のほうですし、バツイチですから、つきあうにしても気楽なんじゃないですか」

「きみはどうしてその女性《ひと》を知っているんだ？」

「部長を誘ったことがあったでしょう……本社の総務部の連中との飲み会。その席に来てましてね……」

草薙はドアの窓を細目にあけて、煙草に火を点《つ》けてから、腹心の部下に顔をまわした。

「きみのあとというのは嫌だぜ」

「ぼくのような既婚者には彼女、興味はありませんよ」

時任は笑って手を横に振ってから、煙草のけむりをくゆらせている草薙に、顔を寄せてきた。

「それに、ぼくのようなデブはタイプじゃないそうです。飲み会のとき、すこし話をしましたが、いまはつきあっている男はいないそうです。部長のことは、むろん話をしておきましたから……」

「……中折れのことも言ったのか？」

「そんなことは言いませんよ」

時任は笑い顔をつくって、また手を横に振った。

草薙は、喫《す》っていた煙草をドアの窓の下に備えられた灰皿に揉み消してから、言った。

「しかし、系列会社の俺なんかを頼るより、本社には五十代のオジサマ族がゴロゴロいるだろう……」

「八神由紀恵本人にいわせると、本社の部課長クラスは、セクハラと思われるのを警戒して職場の女性には手を出さんそうです」

「……本社の女性社員は、系列会社の男たちを下に見る傾向があるが、その辺りはどうなのかね？」

「八神由紀恵に限っていえば、それはないようです」

言ってから、時任は上司の表情を窺《うかが》い見るような目になった。

「会場で、八神由紀恵を紹介しますから、頃合を見計らって、お二人で会場を抜け出されたらどうですか」

「……本人がそうしたいと言うなら、そうするがね」

草薙は冷静に部下の課長に声を返したが、本社の美形女性と知り合える期待に心は躍っていた。

簡単な挨拶《あいさつ》と乾杯の音頭とりをして、草薙が壇上から下りると、課長の時任が遠くから手を挙げた。

草薙は額《ひたい》の汗をハンカチでぬぐいながら、集まった人の群れを縫《ぬ》うようにして、時任のいるテーブルに足を運んだ。

時任は何人かの女性社員と丸テーブルを囲んでいた。

当社、本社を問わず、女性社員を集めてテーブルを占領している時任の態度に気がひけたが、

「部長、乾杯のご発声、お疲れさまでした」

時任に明るい声で迎えられて、新たに水割のグラスを差し出されると、草薙も少年のように頰《ほお》を赤らめながらも、いつか部下のテーブルに溶け込んでいた。

白いワンピースの、清楚だがあでやかな容色の女性が、音もなく物静かに草薙の傍《かたわ》らに寄ってきた。

「……さきほどのご挨拶、ご立派でしたわ」

明るい顔で言われた。

(……貴女《あなた》は?)

思わず訊《き》こうとして、時任と目が合い、草薙はその言葉を喉の奥に呑みこんだ。

時任がにこやかに目配せしてみせたからだ。

「……こういう大きなパーティは昔から苦手《にがて》でしてね、ましてや高い所に立つなど、冷や汗が出ましたよ」

隆《たか》い鼻梁と涼しげだが悪戯《いたずら》っぽい目が印象的な、上品な顔立ちの本社勤務の女性社員に向かって、草薙は首の後ろを撫《な》でてみせた。

「ご挨拶が遅れまして……」

桜の花びらのような唇許《くちもと》に薄く笑みをそよがせて、草薙の傍らに佇《た》った相手が、手にしていたセカンドバッグをあけて、周《まわ》りのものに気づかれぬように、自分の名刺を草薙音弥にそっとつかませた。

『三矢建設総務部主任　八神由紀恵』

と記された女ものの名刺の字面《じづら》に、ちらと視線を落とし、草薙は手早く受け取ったそれを上衣のポケットにしまいこむと、広々としたレセプションホールに私語が飛び交い、談笑が高まって、会場全体がざわざわと賑ってきたのを折に、八神由紀恵のセミロングの黒い髪に隠れた耳に、口を寄せた。

「……一階に雰囲気のいいクラシックなバーがあります。先に出てバーで待っていますよ。あなたも適当に会場を抜け出したらいい」

八神由紀恵は顔は正面に向けたまま、黙って小さく頷きかけてみせた。

社長の佐山が贔屓《ひいき》にしている赤いドレスの女性歌手が、壇上に上がり、ピアノの演奏に合わせて、ジャズのスタンダードナンバーを歌いはじめた。

草薙は煙草に火を点けると、隣りの八神由紀恵の容姿を横目で観察した。

身長は一五七、八だと思われる。白のワンピに包まれた中背の肢体は思っていたよりもスタイルがいい。が、胸と腰まわりにはふっくらと豊熟した肉が付いているのが、服の上からでもわかる。

隆い鼻が自己主張の強さを窺《うかが》わせるが、頬肉のおだやかでなだらかな白いラインが、タカビーな印象を救っていた。

時任が言ったように、八神由紀恵は四十路《よそじ》を三つすぎた年齢にはとても見えない。どうみても、まだ三十代の半ばで、相手の横顔の、臈《ろう》たけた美しさに、草薙の欲望が弾む。

ジャズ歌手の歌がおわると、草薙は喫っていた煙草を卓上の端に用意された灰皿に揉み消し、水割のグラスを戻して、そっとテーブルを離れた。

別のテーブルに移っていた時任が、目敏《めざと》く上司を目にして、傍に寄ってきた。

「どうでした？」

低い声で、八神由紀恵とのいきさつを訊く。

「うん。上のバーで待ち合わせることにした……」

草薙も声を落として、部下に教えると、

「うまくやって下さい」

時任の励《はげ》ましの言葉に頷くと、専務の内海のところに、人の波をかきわけ、歩足を運んだ。

「……体調が思わしくないので、これで引き取らせてもらいます」

本社の重役連と並んで椅子に腰をおろしていた内海が、

「そうか。引きとめんが、身体を大事にしてくれ」

椅子にすわったまま、真顔で嗄《しわが》れ声を返してきた。

草薙は、本社の重役の面々と頭を下げ合って、出入口に向かい、重いドアを押して、会場を出た。

エスカレーターで一階に上がる。

窓の先にライトアップされたレインボーブリッジが望《のぞ》めるバーは、テーブル席は混んでいたが、カウンターのほうは客の影が薄かった。

カウンターの、入口に近い席に尻を沈めて、草薙は、注文をとりにきたバーテンダーに国産モルトの水割を頼んで、煙草を咥《くわ》えた。

八神由紀恵は案外早く、バーに上がってきた。

白のワンピースの上に羽織《はお》っていたトレンチコートを店のものに預けて、唇辺《くちべ》に蠱惑《こわく》の笑みを淡く揺らして、目の端で草薙の表情を窺いながら、含羞《はにか》みの顔つきで、左どなりのストゥールにワンピに包まれたまろやかなお尻を控えめに落とす。

「……もっと待たされるかと思ったが」

水割のグラスを傾けながら、草薙は顔は正面に向けたまま言った。

「部長さんをあまり待たせても、悪いと思ったものですから」

涼しげに声を返した八神由紀恵が、セミロングのつややかな黒髪をはらい上げて、ビールを頼んだ。

「ビールでいいの？　カクテルも出来るよ」

「ビールが好きなんです」

「お腹《なか》が空《す》いているなら、なにか食べるものを注文したらいい」

「ありがとうございます。……お腹はあまり。ビールだけでいいわ」

草薙は灰皿に立てかけていた煙草をとり上げて、けむりを吐き出すと、ゆっくりと八神由紀恵に顔をまわした。

「……ぼくとつきあってくれるんですか？」

草薙の言葉に、ビールのグラスを手にした八神由紀恵が悪戯っぽい目を向けて、白い頤《おとがい》を小さく引いてみせる。

「……ぼくとの交際だが、男と女のつきあいになるが、いいのかな？」

八神由紀恵は上品な目鼻立ちの顔をうっすらと赤らめて、しおらしく目を伏せながら、頤をもう一度、引いてみせた。

赤らんだ頬に熟しきったオンナが匂った。

草薙が水割のお代わりを頼むと、目を上げた八神由紀恵が、涼やかな目許を桜色に染めながら、男の顔をじっとみつめる。

「……わたしなんかでいいのかしら？」

「それはぼくの台詞《せりふ》だ」

「わたし、もう四十三ですよ。四十女でいいんですか……」

草薙は二杯目の水割のグラスを手にしながら、相手を見つめ返して、言った。

「ぼくの部下の時任も言っていたが、四十三には見えませんよ。ぼくの目には三十そこそこに見える」

「そう言っていただくと、うれしいな……」

八神由紀恵は目を細めながら、夢見るような表情をつくって、草薙にまわした顔に悪戯っぽい笑みを揺らした。

「部長さんはでも、若い女性のほうがお好きなんじゃありません？」

「若い娘《こ》も悪くはないが、ぼくは男のエロスに理解のある熟女のほうが……。この年になるとね、挿入よりも、由紀恵さんのようなきれいな女性の身体中に舌を使うほうが愉《たの》しみでね……」

「なんだか、くすぐったそうね……」

小さく喉を鳴らして羞《は》じらい笑った八神由紀恵が、眼差しに悪戯っぽい微笑《わら》いを揺らしながら、草薙を見つめた。

「わたし、そういうの好きかも……」

「あなたとは合いそうだね……」

草薙は頰をゆるめて、相手を見つめ返し、

「バツイチだと聞いたが……」

八神由紀恵は目を伏せて頷きかけると、草薙の耳に口唇を寄せてきた。

「……結婚した夫とは三年で別れたんです。彼が外に若い愛人をつくって、家を空けるようになったので、口惜《くや》しいから離婚届に判を押してもらいました」

「お子さんは出来なかったの？」

「出来ました。わたしが引きとって、母に面倒をみてもらっています。いま小学校の四年生ですけど……」

「すると、十歳？」

「ええ……」

きまり悪そうに頷きかけたあと、八神由紀恵はビールをひとくち口にし、草薙に顔をまわした。

「子持ちのバツイチ女じゃあ、嫌ですか？」

艶やかな目で、訊く。

「そんなことはない。あなたを早く抱きたい……」

「今夜ですか？」

八神由紀恵の、草薙の表情を盗み見る双眸に悪戯っぽい光が好色そうにかぎろう。

草薙は、八神由紀恵の妖しい瞳の輝きに、ズボンのなかの男根が熱を孕《はら》んで、勃ち上がってきた。

このお台場の大きなホテルに部屋をとって、八神由紀恵とひと夜をすごしてもよかったが、明日は東新宿の大学病院の事務局で働いている石黒千草とデートの約束をしていた。

若い頃ならともかく、女体を抱くたびに中折れの不安に嘖《さいな》まれるいまの草薙の体力ではふた夜つづけての情事はとても無理であった。

「……今夜、あなたと夜をすごしたいのは山々だが、体調がどうもおもわしくなくてね……、糖尿を患《わずら》っているせいか、さいきんは中折れすることがあって……中折れに見舞われでもしたら、あなたに失礼だ」

眉をひそめて、草薙は正直に言った。

気恥ずかしそうに目を伏せて微笑っていた八神由紀恵が、草薙に顔を向けて、なまめかしい笑みを唇辺にそよがせて訊く。

「中折れって、あの最中に駄目になること？」

「そうだが、嫌でしょう、そういう事態になったら……？」

「部長さんなら、許せるわね……」

上品な顔を赤らめて、八神由紀恵は羞じらいの笑みをふりまいて、草薙の耳に唇《くち》を寄せた。

「わたし、部長さんが中折れしないようにがんばりますから……」

「……由紀恵さんを好きになりそうだよ、ぼくは……」

草薙は股間の男根を硬く火照らせながら、真顔で言った。

草薙と目を合わせていた八神由紀恵が、含羞み笑って視線を落としながら、

「……好きになって下さいよ」

悪戯っぽく、ぽつりと言う。

「来週の火曜にデートというのはどうですか？　それまで体調を整えておきますよ」

「そうねえ……わたしも会ったその日にというのは、なんだかはしたなくて、恥ずかしいわ。来週にしましょう」

「このホテルのこのバーで午後の六時の待ち合わせというのはどう？」

「いいわねえ……。いいですよ、わたし五時には社を出られますから」

「由紀恵さんの携帯のナンバーを聞いておこう」

草薙は手にしていた水割のグラスをカウンターの台に戻し、懐《ふところ》から携帯をとり出した。

八神由紀恵もバッグから携帯電話をとり出し、自分のナンバーを草薙に登録させたあと、

「草薙さんの番号も聞いておくわ」

草薙の携帯番号を、白い指先で器用にダイヤル釦《ボタン》を操作して、自身の携帯に登録した。

そのあと、バーを出て、下高井戸《しもたかいど》の分譲の、３ＬＤＫのマンションに母と娘の三人で起居しているという八神由紀恵を、ホテルの前から車で送って行った。

八神由紀恵をタクシーで送り届ける途中、小暗い車のなかで、草薙は呟《つぶや》きかけるように

低い声で、言った。

「……三宿《みしゅく》の自宅に戻ったら、由紀恵さんのことを考えて、自分でしてしまうかもしれんよ」

草薙の言葉に、後部シートに並んですわった八神由紀恵は正面に向けたきれいな顔に羞じらいの笑みを揺らし、

「わたしも、自分でしちゃうかも……」

運転手には聞こえぬように、草薙の耳に悪戯っぽく囁きかけてきた。

「あなた、自分でするの？」

「しますよ。……おつきあいしている男性がいれば別ですけど、いませんし、三日に一度ぐらいは恥ずかしいけど、ムラムラするときがあって……」

「娘さんやお母さんが居るでしょうが……」

「部屋は別ですもの……」

目を伏せて、羞じらいの表情をつくりながら、八神由紀恵は瞳をうるませて、草薙の耳に囁きかけてきた。

「……会社がお休みの日なんか、娘を送り出して、母に買物を頼んで、自分のベッドで思いきり大胆に愉しんじゃいますもの……」

きまり悪そうに含羞みながら男の顔を見つめる八神由紀恵の性欲のなまなましさに、草薙はカァーと頭が熱く痺れ、相手のトレンチコートの肩口に思わず右の腕をまわしていた。

抱き寄せられ、唇を求められた八神由紀恵が、運転手の目もはばからず、ひらいた口唇を男の唇《くち》になすりつけ、草薙と舌をからませながら、眉間に縦皺をつくって、ぬめらかな舌を大きくまわした。

2

上空が夕闇に染まる時刻に、草薙は紀尾井《きおい》町のホテルの正面エントランスをくぐって、石黒千草と待ち合わせているラウンジに向かう前にフロントに立ち寄って、投宿の手つづきをすませた。

案内は断わって、受けとった部屋のキィをスーツの上衣のポケットにしまうと、背を屈《かが》めぎみに、長い廊下をラウンジに向かう。

広々としたコーヒーラウンジに、千草はまだ現われてはいなかった。

草薙は奥の喫煙ができるテーブル席の一つに腰をおろし、コーヒーを頼んでおいて、煙草に火を点けた。

窓の先の、日本庭園の桜が散りかけていた。

「……遅くなっちゃって、ごめんなさい」

草薙がコーヒーを半分ほど啜《すす》ったとき、黒に近いグレイのスーツにほっそりとした都会的な肢体を包んだ千草が、面映《おもは》ゆそうに微笑いかけながら、テーブルの前に佇《た》つと、傍らの椅子に柔軟に小さなお尻を落としてきた。

清楚な美しさが匂い立つ千草の容姿に相好《そうごう》を崩して、草薙は、若い相手が紅茶を頼むのを待って、

「お腹は、空いてる?」

やさしく訊いてやった。

「……空いてます」

石黒千草が、なだらかな頬をうっすらと赤らめて、草薙の顔を見つめ返すと、キュートに微笑みかける。

親子ほど年のちがう草薙を見つめる千草の瞳に艶《あで》やかな光が灯《とも》り、初々《ういうい》しい唇許に、肌を重ね合わせた男に対するなまめいた笑みが浮かぶ。

「それじゃあ、先に鮨《すし》でもつまみにいく?」

運ばれてきた紅茶のカップを、上品に唇《くち》に傾けていた千草が、

「やったァ」

ほそく言い、草薙に向かって、嬉々《きき》として微笑いかける。

「千草は鮨が好きなんだよなあ」

頷きかけた石黒千草が、草薙と顔を合わせて、にこやかに微笑《ほほえ》みかけた。

「このホテルのなかのお寿司屋さん、おいしいもの。勤め先の病院の仲間の娘《こ》たちに話したら、うらやましがられちゃった」

草薙との交際が愉しいといわんばかりの顔をする。

「行こうか……」

頃合を見計らって、草薙は伝票のシートをつかんで、腰を上げた。千草も頷きかけると、トートバッグをとり上げて、席を立つ。

ちょうど夕食どきなのか、寿司屋は混んでいたが、カウンター席の隅が三席ほど空いていたので、草薙と千草はそこに並んで腰をおろし、ビールで軽く乾杯したあと、おまかせでいくつか握ってもらった。

千草がひととおり食べたあと、ウニや甘エビを追加注文する。

腹がくちくなったところで茶をもらい、草薙は高額の勘定をすませ、千草と一緒にキー

プしておいたダブルの客室に上がった。

キングサイズのベッドの枕許のナイトライトに灯りを入れ、ベッドルームを薄明るくしておいて、草薙は靴を脱ぎ、クローゼットの前でてきぱきと裸になると、窓辺に佇って夜景の眺めに見入っている千草を呼んだ。

「やだァ」

振り返って、素っ裸になった草薙の半勃《だ》ちの男根に視線を泳がせた千草が、繊細に整った目鼻立ちの顔を赤らめて忍び笑うと、あわてて窓にカーテンを引き、服を着《つ》けたまま五十男の前に歩みかけてきた。

「しゃぶってくれ」

草薙が命じると、羞じらいの微笑いを清潔さが漂う唇許にこぼした千草は、性奴のように男の足許にかしずき、上目遣いに父親とそう年齢が変らぬ草薙音弥を悪戯っぽく見上げて、男根の幹に指を添えた。

高級ホテルに部屋をとり、名店の鮨をふるまう草薙の、若い男はあまり真似のできない包容力と奉仕の精神に応《こた》えるように、千草は指でもち上げた男根の亀頭部に口唇を被せた。

含みこんだ千草が眉間を狭《せば》めて、ねっとりと舌をまわす。

二十七歳の清楚な美女の、目を閉じた涼しげな顔に淫猥な表情が浮かび上がりはじめると、草薙の千草にねぶられている男根に硬度がみなぎり、嗜虐の劣情が湧き立ってくる。

「おいしいか、ん？」

初々《ういうい》しい口唇をしりぞけた千草が、桃色の舌をのぞかせたまま、こくりと頷きかけてみせる。

「なにがおいしい？」

「……草薙さんのこれ！」

硬くいきり勃ちはじめた赤黒く年季の入った男根の幹を、ほっそりとした指で揉みしごいて、千草が見上げた瞳に悪戯っぽい微笑いを妖しく揺らす。

「これじゃあ、わからん。千草は俺のなにを舐めているんだ、ん？」

「……ちんちん、草薙さんの」

「ちんぽこって言いなさいよ」

「いやぁん」

「言いなさい」

「……ちん、ぽこ。少し恥ずかしい」

顔を真《ま》っ赤《か》に色づかせた千草が、羞恥に顔をしかめながらも、昂ったようにあえかに鼻を鳴らして、草薙の醜いほど仰角にいきり勃った男根の、鰓《えら》の裏側の紐帯《ちゆうたい》部分にちろちろと舌の先をそよがせる。

「ううっ、千草……そこ、たまらんっ」

草薙は立ちはだかったまま、口の奥でよがり、

「まだシャワーを使ってないから、俺の、おしっこ臭《くさ》いんじゃないか？」

亀頭冠に舌をまわす千草を、言葉で辱《はずか》しめる。

「ううん、平気……」

「平気って、なにが？」

「……少し匂いがあるほうが、感じるもん」

「おしっこのついたおちんこが好きなのか？」

「……いやっ！　あ、その呼び方のほうが好きです」

「どんな呼び方？」

「……おち、んこ。おちんこって言い方、感じちゃう」

含羞みの表情をつくりながら、千草は蹲《うずくま》りの身をぶるっとふるわせ、赤らめた顔を昂奮にしかめて、草薙の亀頭部のふくらみを咥えこんで、頬をすぼめて吸いたてた。

「おおっ、いい……おまえの口の中に出したら、飲んでくれるか？」

「……草薙さんのなら、いいよ、飲んでも……」

草薙の亀頭の周りを唾液でつややかに光らせて、千草がきまり悪そうに微笑いかける。

「それじゃあ、今夜は千草に飲んでもらおう。おまえも裸になりなさい。ベッドでお返しをしてあげよう」

「千草のあそこにもお口を使ってくれるんですか？」

「使ってやるとも。好きだろう、おまえ……汚れたあそこに舌を使われるのが……？」

羞じらい微笑いながら、嬉々《きき》として頷きかけた千草が、ほっそりとした身体を起こして立ち上がると、悪戯っぽく草薙の唇《くち》を吸って、ベッドの左傍にまわって、服を脱ぎはじめる。

草薙はシャワーはあとにして、掛け布を引きはがすと、床にはらい落とし、ひと足さきにベッドに上がった。

ベッドの上に仰臥《ぎょうが》し、千草の唇の奉仕にいきり勃《た》った男根を天井を睨《にら》まんばかりに屹立させ、手枕をしつつ、スーツを脱ぎ捨て、インナーをとり去っている千草に、頬をゆるめて、声をかける。

「……あそこだけじゃなくてさ、おまえのうんち臭いお尻の穴にも舌を使ってやるから……」

「やだ、もう……恥ずかしくなっちゃう」

草薙に心まで許したような笑い声を可愛らしく洩らした千草が、サックスブルーのブラジャーのカップをとりはらい、同色のパンティをすらりと伸びた脚から抜きとると、全裸になって、お椀形の双つの乳房を潑剌《はつらつ》と弾みゆらしながら、羞じらいの顔つきで、ベッドにはいってきた。

草薙は手枕を解いて、左側にクリーム色のスリムな裸身をやわらかくすべりこませてきた千草を抱き寄せると、仰向けに寝かせた。

左の腕を押し上げて、腋をあけさせる。

千草は、伸びかけた腋の毛をこの日はきれいに剃《そ》っていた。

「なんだ、剃ってしまったのか……」

草薙はがっかりしたように言った。

「だって、恥ずかしいもの……」

か細く言いながら、千草が草薙のいきり勃ちを右の手指で揉みたてる。

千草の生白く褶《しゆう》曲《きよく》した腋窩にはほのかな汗の匂いと、舌を刺すざらつきがあり、そのなまなましさが、そこに舌を走らせる草薙を激昂させる。

左の腋窩を舐め上げ、乳首の実を舌で弾くようにしてころがす。

「ふうーん、それ、感じちゃう」

千草の乳色の真っ白い裸身がくねりを打ちはじめる。

「なにが感じる？」

「それ……そうやってお乳の先を虐《いじ》められると、感じちゃう」

「ほかに虐めて欲しいところがあるだろう……、どこ？」

草薙は、左の乳房から右の胸乳へと唇と舌を移し、千草の欲情にぷっくりとふくらんだ桜色の右の乳首の実を、舌でなぶるようにころがし、甘咬《あまが》みを加えてやる。左の乳首は指でひねり弄《いら》う。

「ああン……」

千草の身悶《みもだ》えが激しくなる。

「……お乳はもういいから、下のほうをやってっ」

「下って、どこ？」

「……クリト、リス」

「クリだけかい、舌でやって欲しいのは……？」

「……おま、んこも」

「スケベ」

「だってえ、草薙さんのお口、気持ちいいんだもん……」

「……汚れたままのここを、俺に舐められるのが、好きなんだろう、千草は……」

草薙は、そよぎを立てて繁茂する千草の性毛の繁りの奥を、右手の指で捏《こ》ねくる。

「ああーんっ」

千草の口から高い声が上がり、頷きかけながら細腰がひくひくと跳ね上がった。

秘部の、ぬるぬるとろけぎみの双ひらの花弁のあわいが、草薙の指に吸いついてくるような反応をもたらし、上端の固くなった肉の芽がこりこりした感触を別の指腹に伝えてくる。

「……さねにバイブレーターを使われたことはあるか？」

「……ない。けど、あれって超感じるって、同じ職場の娘《こ》が言ってた……今度、使って下さい、玩具《おもちゃ》……」

「使ってやろう。ラブホにはいろんな形の性具が置いてあるからね……ラブホテルはいいやか？」

「そんなことない……たまにはいいですよ、ラブホでも……、でも、玩具で感じちゃって、お洩らししちゃったら、どうしよう」

「俺は千草が感じまくって、失禁してくれるほうが昂奮するよ。シャアシャアおしっこしてもいいぞ」

「いやんっ、恥ずかしいですよ」

可笑《おか》しそうな笑い声を糸を曳《ひ》くように洩らして身をよじった千草が、草薙に股の間にはいり込まれて、双の脚をM字びらきに押し上げられ、捲《まく》れひらいてとろとろに濡れそぼった部分にぴちゃぴちゃと水音を起《た》てて舌を使われると、

「……ひぃーッ、かんにんっ、イッちゃう」

のけぞり返って、総身を引き攣《つ》り伸縮させた。

「……すごいな、今夜のおまえ。洪水じゃないか」

「……草薙さんとしたかったから」

「なにを？」

「……セックス！　上のほう吸って」

草薙は、千草の尖《とが》り勃った鋭敏な肉芽を咥えこんで、強弱をつけて吸引してやる。甘酸っぱい臭気が俄《にわか》に立ち昇る。

「ああん、イッちゃう……だめえ」

ころげまわらんばかりに悶え狂ってつづけざまに気をやる千草に逆上し、草薙は、若い石黒千草の無臭の排泄の莟《つぼみ》にも、舌を使う。

「……お尻は恥ずかしいッ、もう欲しいよ……」

「やりたいのか、ん？」

草薙は顔を起こして上体を立てると、正常位に身構えながら、膝行《しっこう》した。

双の脚をすすんで跳ね上げた千草が、両手を差し出しながら、とろんとした瞳で草薙を見つめ、頷きかけをくり返す。

「なにを欲しいか、言いなさい」

「……おちんこ、草薙さんの」

妖しい視線を男の顔に向けながら、含羞みの表情をつくった千草は、草薙に挿し込まれると、顔を横にして鼻を鳴らし、男の硬直が深々とすべりこむや、

「あああッ」

高い声を発し、胸を重ねる草薙の背にひしと両手を巻き、虚《うつ》ろに泳がせていた瞳を閉じて、苦悶の顔つきで歯を食いしばった。

腰を振りながら草薙はおのが硬直が徐々にやわらかくなる感覚をおぼえていた。千草の反応が、秘部に舌を使ったときよりも希薄だからだ。

空気をめいっぱい詰めた風船からだんだんと空気が抜け出してゆくような感覚のなかで、草薙は言った。

「おまえの口のなかに出したい、いいか？」

「……いいよ、飲んであげる」

苦悶の顔つきを羞恥の表情に変えて、ほそい声音で応じる千草に、草薙のものが、硬度をとり戻す。

おのが昂奮を煽《あお》るために、草薙は腰をまわし振って、

「千草はいま何をしているんだ？」

「俺のなにがおまえのどこにはいっているんだ？」

つぎつぎと悪趣味な問いかけを行ない、男と同じように脳で感じる千草が俗称でそれに答え、激しく鼻息を喘がせると、硬くなったおのがものを抜き出して、相手の顔の右側にまわり込んだ。

跪《ひざまず》いて、ぬらぬらと光る硬直を突きつけられた千草が、眉間をひそめながらも、男の腰の前に顔をまわし、草薙の亀頭部にすっぽりと口唇を被せる。

千草の初々しい唇許が頰ばったものを締めつけ、唇がしごきたてをくり返す。

「うむう……出そうだ、千草っ」

両手を腰に巻かれた草薙が、千草の乳首の実の一つを指で弄《いじ》りながら、唸り声を洩らす。

顔を妖しくしかめきって、含み込んだ草薙のたぎり勃《だ》ちの、先端部のふくらみを千草が吸引したとき、

「むぅ、千草……いくっ」

草薙は下腹をうねらせてどくどくと射ち放っていた。

むせ返るような表情を千草はつくり、火照《ほて》らせた顔を横に背《そむ》けながら、口中に溜め込んだ草薙のねばねばした精を、含羞みの横顔を見せて、ごくりと嚥下《えんか》した。

3

週が明けた火曜の午後六時――、お台場の大きなホテルに部屋を取って、草薙が一階のバーに足を踏み入れると、カウンター席の端のほうに、八神由紀恵の白のスーツに包まれた嫋《たお》やかな背が見えた。

時間が早いせいか、照明の落とされた店内に客の影は薄かった。

「やあ、早いね」

相好を崩して、草薙は、八神由紀恵の左側のストゥールに尻を沈めた。

赤ワインのグラスを傾けていた八神由紀恵が、草薙に向かってなまめかしく微笑みか

け、

「少し早く来たものですから、ワインをいただいちゃいました」

涼しげな声音で言う。

草薙は煙草に火を点けると、シングルモルトの水割を頼んで、

「なんでも好きなものを飲《や》って下さいよ」

言いながら、相手の美貌に顔をまわした。

「……あれから、独りで愉しみましたか？」

真顔で訊く草薙の言葉の意味を、じきに理解した八神由紀恵が、頬を朱に染めながら、目で男の顔を甘く睨んで、

「いきなり、訊くのねえ」

可笑《おか》しそうに笑い声をたてた。が、喉をふるわす笑い声は湿《しめ》っていた。

「いけませんか？」

髪をゆらして小さくかぶりを振った八神由紀恵が、草薙に悪戯っぽく濡れた目を向けてきた。

「……草薙さんは？　自分でなさったの？」

「したけど、射精はしませんでしたよ。あなたのあそこにおッ勃《た》ったアレをぎゅうっと根

もとまで入れて、気持ちよく出したいですからね、いきそうになったけど、我慢したんですよ……」

草薙のひそやかな囁きに、くすぐったそうに肩をすぼめて、くっくっと喉の奥で笑った八神由紀恵が、水割のグラスを手許に引き寄せる男の耳に口唇を近づけて、好色そうに言った。

「……わたしは何回もしてしまったわ」

「自分の指でイッたの？」

羞じらい微笑って、四十路をすぎた美女が目を伏せながら、小さく頷きかけてみせる。

「どんなことを考えて、何回も指を使ったのかな？」

目の端で草薙を詰《なじ》りつつも、八神由紀恵は水気にうるんだ瞳を、水割を啜る男の顔に向けてきた。

「あまり根ほり葉ほり訊かないで。恥ずかしくって、かえって身体が火照るわ」

「食事はあとまわしにして部屋に上がる？　上に部屋をとってある」

「そのほうが……早く草薙さんと二人だけになりたいわ」

言いにくそうに言いながら、八神由紀恵は、草薙にしなだれかかってきた。

それを潮《しお》に草薙は煙草を揉み消して、勘定を頼んだ。

利用階に上がる二人だけのエレベーターのなかで、八神由紀恵は自分のほうから草薙にキスをせがんできた。

バーでのきわどい会話が前戯の役目を果たしたらしく、唇が合わさると、薄く目を閉じた由紀恵は差し出した舌を草薙に吸わせ、眉間を寄せながら、厚みのあるやわらかい舌で男の口の中をかきまわした。

草薙も女のむっちりとやわらかく張りつめたヒップの肉をタイトのスカートの上から右手で撫でまわし、深い割れ目を指でなぞりながら、由紀恵の舌を吸い、昂奮にズボンが窮屈なほど男根を熱くたぎらせた。

キープしておいたダブルの客室に上がり、ベッドルームを明るくすると、互いに部屋履きのスリッパにはき替えた。

そのまま由紀恵をベッドの上に押し倒して裸にし、秘部を舐めまわしたかったが、若い石黒千草と同じような手順を踏むのも、こちらの品性を疑われるような気がして、草薙は、八神由紀恵の四十三という年齢と女としての矜持《きょうじ》を尊重することにした。

「先にシャワーを使ってきたらいい」

クローゼットの前でネクタイをほどきとる草薙にシャワーをすすめられると、

「先にいただいちゃってもいいかしら？　少し汗かいちゃっているから、浴びてきたいけど……」

八神由紀恵は、窓にカーテンを引いて、嬉々とした顔で言い、「先に浴びてらっしゃい」と草薙におだやかな声を投げられるや、女性を立てる草薙音弥の態度に目を細めて、

「それじゃあ、先に浴びてくるわ」

白のスーツのジャケットをとりはらい、黒のインナーとタイトのスカートのまま、きれいなふくらはぎを草薙の目に見せて、バスルームに消えた。

由紀恵がシャワーを浴びている間に草薙はトランクス一つになり、キングサイズのベッドの上の掛け布を引きはぐって床に落とし、明かりをベッドの周りだけの淡い照明に切り換えた。由紀恵が絖白《ぬめしろ》い裸体をバスタオルで包んで戻ってくると、草薙は入れ替りにバスルームに立った。

シャワーで身体の汗を流し、バスタオルを腰に巻いて戻ると、八神由紀恵は二人掛けのソファに、身体の前をひろげたバスタオルで隠しながら坐り、戻ってきた草薙に艶麗に微笑みかけてきた。上気した桜色の頰が美しい。

草薙は、由紀恵の右わきに腰のバスタオルをとりはらって裸の尻を沈め、相手を抱き寄せながら、女のバスタオルもはらいとった。

全裸にされても、八神由紀恵は恥ずかしがったりはせず、素っ裸の草薙の雄渾《ゆうこん》にいきり

勃った男根の眺めに淫靡に目を細めて微笑いかけ、男の胸に赤らめた頬をあずけて、右手の指でふとぶとと勃起した男根の節くれ立った幹を慈《いつく》しむようにさすった。

「……想像していたとおりだわ」

「なにが？」

草薙は、由紀恵の円錐形の左の乳房の、珊瑚《さんご》色の乳首の実を指で摘み、ひねりを加えて揉み弄《いら》う。

顔を上げた八神由紀恵は眉間をしかめて、きれいな鼻腔をふくらませて喘ぎ出し、

「ぼくのボッキしたものを想像して、何回もオナニーした？」

草薙に問われると、頷きかけを小さくくり返し、

「……あなたのおちんちんがはいってくるときのことを考えて……何度も指を使ったわ」

喘ぎながら切れぎれに打ち明け、

「吸っていい？」

昂奮の顔つきで、声音をふるわせて訊き、草薙の返事も待たずに、男の膝に髪を伏せてきた。

亀頭冠の鰓《えら》のふくらみが、由紀恵に甘くねぶられ、あたたかく吸われる。

草薙は膝をひらき、ソファの背凭《せもた》れに頭をあずけ、顎を持ち上げて、だらしなくよがり

つつ、脳天を痺《しび》れさせていた。

由紀恵の左の手指がふぐりを揉みたて、糞門までの道程《みちのり》をやさしく撫でさするからだ。

「ベッドに行こう。由紀恵にもキスをしたいからさ」

「どこにキスをして下さるの?」

男の亀頭部を吸っていた八神由紀恵が色白の裸体を起こすと、髪をはらい上げながら床に出て、ふくよかなお尻の小暗い割れ込みまで見せて、ベッドに上がる。

「おまんこにきまっているだろう」

「いやあ」

ベッドの上に仰臥した八神由紀恵は、女の足許のほうから上がってくる草薙の長大な男根の眺めに双眸をうるませつつ、笑いを怺《こら》えるような顔つきで男と目を合わせ、

「……キスをして下さるのはうれしいけど、露骨な言葉は恥ずかしいわ」

四十路をすぎたにしては瑞々《みずみず》しい光沢に富んだ白い裸体をくねらせ、股を大きくひらいた。

草薙は女の白い股の間に入り込み、跪いて、由紀恵のすんなりとした双の脚を押し上げると、漆黒の毛のむらがりを右手でかき上げた。

八神由紀恵の、紫紅色に濡れ光る女の部分が上端の突起を小指の先ほどにふくらみ勃た

せて露《あら》わになる。

「ぱっくりと割れひらいて、糸を曳いているぞ、由紀恵の」

草薙は、八神由紀恵の小舟の底にも似た紫紅色の襞の連なりやよく肥《こ》えた肉の実の景観に昂奮し、卑猥な俗称を口にする。

「……莫迦《ばか》あ、そんな露骨なのは、だめぇ！」

忍びやかな笑い声をくぐもらせながらも、八神由紀恵はびらびらした内側の女唇を咥え込まれて吸いたてられると、

「あああーッ、いいっ」

喉をふるわせて、官能的な声をはばかりなく上げた。

草薙に秘口から指を挿し込まれ、上端の小指の先ほどの肉の突起を舌でころがされる段階から、八神由紀恵は乱れに乱れ、両手を枕許にくの字に投げ出して、つるつるした生白い腋窩を見せながら、ベッドの上でのたうちまわった。

「ぐちゃぐちゃだぞ、由紀恵……こんなにだらしなくなって、恥ずかしくないのか？」

「恥ずかしいけど、自分でかきまわすより感じるわ……あなたの指、気持ちいい……舌も使って……もっと舐めて……」

「スケベっ」

「あなただって……ああ、由紀恵も今夜はすごくスケベだわ……」

鼻にかかった声音で熱に浮かされたように言いながら、八神由紀恵は内奥の肉をひくひくと絞り込むようにして、掻きまぜる草薙の指に灼熱のうるみをそそぎかける。

草薙はくぐりこませた右手の中指はそのままに、左の手で由紀恵の右の脚を持ち上げ、捧げもつようにして彼女の右足の甲や小さな足指に舌を這わせた。

「ああっ、そんなことまで……」

足の指を口に含まれてねぶりたてられると、八神由紀恵は泣くような声を上げ、烈しく喘いで、狂おしい身悶えを打った。草薙は指を抜き、由紀恵の水浸しの女の部分にかぶりつく。

「ああっ、もうちょうだいッ……あなたのおちんちん……、したいの、あなたと！」

シーツに水溜りまでこしらえて、狂おしく訴えかける由紀恵に逆上し、草薙は身体を起こすと、女体に乗りかかって、八神由紀恵と一つになった。

「あッ、あああっ……ふとくてうれしいッ」

草薙は珍しく萎《な》えたりしなかった。いや、萎えそうになると、由紀恵の鳥黐《とりもち》のような肉襞の吸いつきにもてなされ、たちまちはちきれそうになる。

「由紀恵のすごくいい……病《や》みつきになりそうだ……好きになっていいか？」

「好きになって……由紀恵のからだ！」

八神由紀恵が草薙の背にとりすがって、熱っぽく言い放ち、男の烈しい体動に、すすり泣いて、

「あなたのおちんちんも、大好きッ」

洟《はな》をすすり上げて叫んだとき、草薙は女体と一つに繋がれたまま、どくどくと勢いよく吐精していた――。

交際倶楽部の女

1

会社の近くの蕎麦《そば》屋で低カロリーの蕎麦をたぐって、つま楊枝《ようじ》を咥《くわ》えながら人事部のオフィスの、自分だけの部長室に戻って、執務席に尻を据えると、草薙を見かけた課長の時任が、

「……ちょっとよろしいですか」

取締役でもある草薙の部屋に足を踏み入れてきて、閉めたドアにロックを掛けた。

オフィスにいるスタッフたちに聞かれたくはないプライベートな話だろうと、草薙は咄《とっ》嗟《さ》に見当をつけ、

「そっちのソファで話をしようか……」

部長室に設《しつら》えられた来客用の応接セットに、部下を促《うなが》した。

頷《うなず》きかけた時任熊男が、紺の背広が窮屈そうなほど肥《こ》えた身体を壁ぎわの二人掛けのソ

ファに運び、どっしりとした尻を落とす。

執務机の前から立ち上がって、草薙は、センターテーブルを挟んで、部下と向き合いながら、革のソファの端に浅く尻を沈めた。

「……わたしの大学時代の友人が麻布《あざぶ》の狸穴《まみあな》坂の近くで交際倶楽部をやってましてね……」

時任が顔を寄せてくると、真顔で切り出した。

「……いま、身元のしっかりとした会員を募《つの》っているんですよ。前島《まえじま》という男ですが、倶楽部の名は〈エレガンス・サークル〉といいます」

「そこはひと頃流行《はや》った愛人バンクのようなものかね？」

「もう少し高級ですが、同じような組織だと考えて下さって、結構です」

「……きみはそこの会員かね？」

頷きかけた時任が分厚い唇辺《くちべ》をゆるめてみせた。

「前島とは長いつきあいでしてね、特別に入会金なしで会員にさせられましたよ。……会員の方々は弁護士とか医者とかエリートの人たちでしてね、ゴルフや食事の相手に〈エレガンス・サークル〉の女性を連れていくわけです。もちろん、ベッドでのアレ付きという条件です……」

「……女性たちだが、素人のオフィスレディなのか？」

「むろんです。所属している女性は一流企業の秘書や現役のスッチィで、それも二十代の上品な女性ばかりですよ」

「……しかし、そうなると入会金もばか高いんだろうな」

草薙は視線を宙に泳がせながら、言った。

「入会金は二十万ほどです。あと、女性とデートするとなると、高級ホテルを使わないとなりませんし、相手へのお手当もありますから、二十万近い金がかかりますが……。もっとも、入会金さえ前島の事務所におさめれば、あとは〈エレガンス・サークル〉は二人の交際には一切、ノータッチです。どうですか、入会してみませんか？」

時任が、思案している上司の表情を、盗み見るような目をした。

「……興味はあるが、いささか金がかかりすぎるな」

「前島には部長を紹介すると言ってしまったんですよ……」

「おいおい」

「今日、これからでも、彼の事務所に行ってみませんか？」

「入会金だが、キャッシュか？」

「そのようです……」

草薙の懐《ふところ》の財布には女とのデートに備えて、三十数万円の現金が用意されているが、この夜は八神由紀恵と恵比寿《えびす》にある大きなホテルで待ち合わせていた。

親会社の総務部に勤務する四十路《よそじ》の八神由紀恵とはお台場《だいば》のホテルで二度目の情事を愉《たの》しむ約束をしていたが、昨日の昼どき、由紀恵は、草薙の携帯を鳴らしてきて、

「明日の待ち合わせですけど、別のホテルにしません？　お台場方面の交通機関の車輛にトラブルがあったでしょう、都内のどこか大きなホテルを利用したほうが……」

控えめにそう言ってきた。

「……わかった。お台場までは時間もかかるし、タクシー代もばかにならんから、別の近場のホテルにしましょう。どこがいいかな？」

「……恵比寿のウエストはいかが？」

「いいねえ。それじゃあ、ウエストホテルにしよう」

「あそこの一階のラウンジで、六時でいいかしら？」

「いいですよ、その時間で……」

待ち合わせ場所と時間も変え、草薙はウエストホテルに部屋の予約の電話も入れておいた。

一流ホテルに部屋を借り、食事もするとなると、十万ほどの金額は覚悟しなければなら

ない。八神由紀恵とのデートの出費を考えると、入会金の二十万のキャッシュ払いは、財布のなかが心細くなるので、気がすすまないが、部下の時任の立場もあった。

草薙が考えあぐんでいると、課長の時任は、上目遣いにまた上司の表情を盗み見るような目になって、言った。

「……前島に頼んで、入会金を負けてもらいましょうか。ぼくが頼めば、前島は引き受けてくれると思うのですが……」

「それはやめておけ。わたしにもプライドがある。……入会金を負けさせて、ロクでもない女をつかまされてもかなわん」

八神由紀恵とのデートにかかる費用はカード払いにすることに決めて、草薙は語気を強めた。

「……わかりました。それではこれからどうです？」

時任がにやにやしてみせる。

「……俺は今日は暇《ひま》だからかまわんが、きみはいいのか？」

ソファから腰を上げて、草薙は訊《き》いた。

「夕方までのこまごまとした仕事は係長の金子《かねこ》くんに任せてありますから」

唇辺をほころばせて時任は言い、上司を友人の事務所に連れていく算段をあらかじめ決めていたように、重量感のある尻を勢いよく上げた。

帰り支度をして、時任と京橋《きょうばし》の社屋を抜けると、空車を呼びとめるために先に立った部下の大きな背に、草薙は声をかけた。

「……俺は社には戻らんが、いいかな？」

「かまいませんよ」

時任は明るく声を返し、やってきた空車に手を挙げ、草薙を先に乗せると、自分も乗り込んで、

「……飯倉片町《いいくらかたまち》から麻布に向かっていただいて、狸穴坂の途中で停《と》めて下さい」

運転手に行き先を告げたあと、

「今夜はデートですか？」

上司に意味深な笑みを向けた。

「まあ、そんなところだ……」

草薙はドアの窓を細目にあけ、煙草に火を点《つ》けると、

「五時になったら、引き取らせてもらう」

言葉を継いだ。

時任は腕の時計をのぞき、

「そんなにお手間はとらせませんよ。一時間もあればすみますから……。今夜のお相手ですが、ぼくも知っている女性ですか？」

頬をゆるめて、上司の横顔をのぞき込む。

「……きみが引き合わせてくれた〈三矢建設〉の八神くんだよ」

「そうですか……、彼女、よかったですか？」

「……素晴らしい女性だった。珍しく中折れもしなかったからね。今夜は二度目のアレでね……」

草薙は少し照れながら、声をひそめて、部下に教えた。

「……それはようございました。ぼくも部長にお世話した甲斐《かい》がありますよ……」

時任は得意げな顔をつくり、自分もドアの窓を下げると、煙草を咥えた。

「……きみのほうはどうなんだ？　これから向かう交際倶楽部でどんな女性を紹介されたのかね？」

草薙は喫っていた煙草を窓の下に備わった灰皿に揉《も》み消すと、後部シートの背凭《せもた》れに深く上体をあずけながら、隣りの部下に声を低めて訊いた。

「……前島が紹介してくれたのは、現役の〈ジャパン航空〉のスチュワーデスでしてね……」

時任が、運転手に聞かれぬように、上司の耳に口を寄せる。

「……ほう」

「三十代で若くはありませんが、かなりの美形で、最初のデートで三発もやってしまいましたよ……」

「すごいな、きみは……。しかし、現役のスッチィとなると、ラブホは嫌がらんか？」

「相手は一介のサラリーマンの、ぼくなんかにはもったいないほどの高級志向のスチュワーデスですからね……初めて顔を合わせたときに、正直に言ったんですよ。ぼくはあなたを愛人にするほどの稼ぎはないし、利用するのもラブホテルですよってね……」

「それで、どうした？」

「てっきり交際を拒否されると思ったのですがね、彼女、涼しい顔で〝わたし、お金が目的じゃありませんから、セックスで満足させて下されば、どこへでもついていきます〟って、言ってくれましてねえ……。ベッドでは人が変わったように乱れまして……ぼくのペニスを気に入ってくれたようで、頬ずりしながら〝ライトがないときにまた会って欲しいわ〟と涙目で言うんですよ……」

「きみのような、セックスのスペシャリストに飢えていたんだな……。そのスチュワーデスとはタダでときどきやっているのかね？」

黙って顎《あご》を引いた時任が、

「……部長も入会されて、美形のスチュワーデスを紹介してもらったらいいですよ」

煙草を揉み消して、草薙の耳に口を寄せてきた。

「……俺は贅沢《ぜいたく》はいわんよ。普通のオフィスレディでいい……ただし、三十前後の娘《こ》というのが、条件だがね」

「そういう条件でしたら、前島はいくらでも叶えてくれますよ。……以前はインターネットの出会い系サイトが部長のようなリッチな五十代男性の〝出会いの場〟だったんですが、トラブルも多いですからねえ、いまは前島のような交際組織が人気があるんです。前島の事務所は出会い系サイトで泣かされた若い女性を欲しがる身分のある紳士の、駆け込み寺のようなもんでして……」

声を低め合って喋っている間に、車は飯倉片町の交差点を麻布に抜け、狸穴坂に差しかかった。

「あ、運転手さん、この辺でいい」

狸穴坂の降り口で時任はタクシーを停めさせ、料金を払うと、草薙を促して、車の外に出た。

周囲は閑静で、外国の大使館が多い。

時任が先に立って歩きながら、草薙を案内したのは、瀟洒《しょうしゃ》なマンションふうのビルで、「このビルの五階なんです。電話を入れてありますから――」

草薙は導き立てられるまま、時任と一緒にエレベーターで、五階のフロアに上がった。

〈前島企画〉とプレートの出された硝子のドアを、時任は叩き、

「時任か。あいているからはいってくれ」

張りのある男の声がドアの内側からひびくと、先に室内に巨体をぐらせた。

草薙も背を屈《かが》めるようにして、時任につづいた。

三坪ほどの小さな事務所で、出入口に近いところにスチール製の机が一つ置かれ、女ものの化粧用具が卓上に見えた。どうやら若い女性事務員を一人、雇っているらしい。

離席している女の子の机の上に視線を泳がせていると、奥に進んだ時任が、

「電話で話をしたわたしの直属の上司の、草薙さんだ。おまえの倶楽部を利用されたいというので、お連れしたよ」

壁を背にしたデスクの前に腰をおろしてノートパソコンを操作していた、前島とおぼしき男に声をかけた。

「それはそれは……ようこそおいで下さいました。どうぞ、こちらへ――」

デスクの向こう側から立ち上がった四十がらみの男が、草薙のほうに顔をまわして、愛

想よく言った。

白髪まじりの頭髪を短く五分刈りにした、見るからに体育会系の印象の、がっしりとした身体つきの男で、黒のTシャツの厚みのありそうな胸板に、草薙はいささか気圧《けお》されぎみになった。

だが、小さな目に愛嬌があり、誠実そうな雰囲気がなくもなかった。

相手の満面の笑みに誘われて、草薙が前に進み出ると、

「あいにくと事務員が外出しておりまして、茶も出せませんが……、前島といいます」

デスクの前に坐り直した前島は、机の前のパイプ椅子を草薙にすすめておいて、自分の名刺を椅子に尻を沈める草薙音弥に差し出した。〈前島企画・前島猛《たけし》〉とあった。

草薙も名刺を差し出す。

「……頂戴します」

前島は、草薙の名刺を両手で捧げもつようにして受けとり、

「入会金を二十万ほどいただいておりますが、よろしいですか……」

目を細めて、草薙の表情を窺《うかが》う。

「けっこうですよ。そのことは時任課長から聞いていますから」

草薙は、時任と一緒に社を出る前に、財布から抜き出して別に封筒にしまい込んだ二十

万の金を上衣の内ポケットからとり出し、傍に佇《た》っている部下の顔をちらと仰ぎ見てから、封筒ごと、前島の前に滑《すべ》らせた。

軽く会釈した前島が受けとった封筒の中の金を目で数えると、

「確かに――」

呟《つぶや》きかけるように言ってから、抽斗《ひきだし》をあけ、事務的な口調になった。

「本来ですと、新規の会員の方には住民票や運転免許証を提示していただくのですが、時任の紹介もあることですし、お名前だけでけっこうですよ。ところで、どのような女性がお好みですか？」

登録女性のファイルをとり出しながら、草薙に向かって、あらためて小さな目を細めてみせる。

「部長は性格のいい普通の、若いＯＬの娘《こ》がいいと言っておられる」

時任が立ったまま、口添えした。

頷きかけた前島が、分厚いファイルを繰《く》って、

「それでしたら、この娘《こ》はいかがでしょう？　米国や中国にも支店をもつアパレルメーカーの文書課に籍をおいております、短大卒の二十六歳ですが」

草薙の前に繰ったファイルの一部を提出した。

卵形の顔立ちが愛らしい、どことなくおっとりとした印象の娘《こ》で、本人の顔写真の下に、木内紗織《きうちさおり》という名が見え、さらにその下にスリーサイズが記されていた。身長の一五六というサイズが気に入った。あまり上背のある娘は、草薙にはそぐわぬからだ。

「……きれいな娘《こ》じゃないですか。清純そうですし、適度な含羞《はにか》みがあって、部長の好みなんじゃあ……？」

デスクの上に両手をおいて、時任が、上司と一緒になって、ファイルに貼りつけられた登録女性の顔写真をのぞき込んで言う。

「……二十六という年齢がちと若いが、いいですよ、この女性にしましょう」

草薙は笑みを浮かべて、開かれたままのファイルを、前島に戻しながら、照れくさそうに言った。

「さいきんの二十代の娘《こ》は部長さんのような、年長者に惹《ひ》かれる傾向がありますからなあ……、わたしもこの女性なら交際する価値があると思いますよ。早速、連絡をとりますから、草薙さまの携帯番号を頂戴できますか……」

前島がファイルを閉じながら、草薙に向かって、愛想笑いをひろげる。

草薙は携帯をとり出し、液晶画面に自分のナンバーを表示させて、前島に手渡した。

前島は草薙の名刺に携帯番号を書き留めると、

「二、三日中には本人から電話がはいりますので、あとは本人と話し合われて、会うなりして下さい……」

携帯電話を草薙に返しながら、また事務的な語調になった。

「……木内紗織と男女の交際をするとして、謝礼というか報酬だが、どのくらい渡せばいいので……？」

草薙が言いにくそうに訊くと、前島は真顔になって言った。

「それも本人と話し合ってきめて下さい。うちは紹介するだけでして、ご交際のこまごましたことまでは……」

「……承知した。それではわたしどもはこれで」

草薙は頷きかけると、時任を目で促しながら、椅子から腰を上げた。

前島がデスクの前に腰を据えたまま、深々と頭を下げた。

前島の事務所を引き取って、時任と一緒にエレベーターに乗り込むと、草薙は部下を見上げて言った。

「……大丈夫なのかね？　入会金だけふんだくられるようなことはないだろうな？」

「大丈夫ですよ。前島はあれで、実もありますから。明日にでも女の子から連絡がはいりますよ」

上司の不安げな気分を一笑に付《ふ》すような口ぶりで時任は言うと、流しのタクシーが拾いやすい広い通りに戻りながら、

「どうします？　もう行かれますか」

並んで歩く草薙に顔をまわした。

「……そうだな」

草薙は腕の時計に目をやって、

「少し早いが、出かけるとするよ」

部下に声を返した。

「それじゃあ、車を停めましょう」

「きみはどうするね？」

「別のタクシーで社に戻ります」

時任が手を挙げてくれた空車に草薙は乗り込み、タクシーの傍に佇って最敬礼する時任に笑顔を返すと、

「恵比寿のウエストホテルまで行ってくれませんか？」

年嵩《としかさ》の運転手に行き先を告げた。

2

先にフロントに立ち寄って、投宿の手つづきをすませ、部屋の鍵を受けとり、草薙はコーヒーラウンジに足を運んだ。

まだ六時前だったが、窓の外に人工の滝が流れるラウンジの、奥のテーブル席の一つに、黒のワンピースの上に白のジャケットを重ねた八神由紀恵の隆《たか》い鼻先が上品な、涼しげな面貌が見てとれた。

コーヒーのカップを傾けていた八神由紀恵が、歩みかけてくる草薙を認めて、なまめかしい笑みをつくる。

「早いねえ。ぼくのほうが待たされるかと思ったが……」

草薙は向き合って肘掛のソファに腰をおろし、コーヒーを頼んだ。

「……仕事が早く片づいたの。あなたにも早く会いたかったし……」

八神由紀恵が好色そうな目を向け、羞《は》じらい微笑《わら》う。

「それは、俺も同じだよ」

草薙と顔を合わせて含羞《はにか》んだ四十路の由紀恵が、

「この年になって、草薙さんと会うのを愉しみにしている自分が、少し恥ずかしいわ……」

涼やかな顔を横に向け、悪戯《いたずら》っぽい微笑いを唇辺に揺らす。

「俺だって、由紀恵に夢中さ……」

「子持ちのわたしで、いいんですか」

草薙は、目の端で悪戯っぽく見つめる由紀恵に顔を寄せながら、頷きかけて、言った。

「……きみのあそこは素晴らしいからね。中折れしなかっただけでも、俺が夢中になる理由がわかるだろう……」

「身体が熱くなってきたわ」

頬を赤らめた八神由紀恵が気恥ずかしそうに微笑いかけ、白のジャケットを脱ぎとって、傍の椅子に置いたバッグの上に重ねる。

ノースリーブの黒のワンピースから剝《む》き出しになった、すんなりとした絖白《ぬめしろ》い両の腕が、草薙の欲情をそそる。

「……部屋は上にとってあるから、食事はあとにして、先に部屋に上がろうか？」

草薙は運ばれてきたコーヒーを啜《すす》っておいて、由紀恵の表情を窺った。

顔を横にして、小さく頷きかけた八神由紀恵は、嬉々《きき》とした顔つきで笑みをこぼしながら言った。

「……このホテル、前から一度、泊ってみたいと思っていたわ」

「俺はかまわんが、きみは一泊するのがむずかしいだろう、娘さんがいるし……」

「そうねえ、娘が心配するでしょうねえ……ひと晩、家を空けたりすると。泊まることはできないけど、その雰囲気だけでも味わえればいいわ」

「それじゃあ、部屋に上がろう」

女の腕の絖白い輝きに、ズボンの中の男根の硬度をみなぎらせつつ、草薙が伝票のシートをとり上げると、由紀恵も面映《おもは》ゆそうな顔つきで、白のジャケットとバッグをつかんで、立ち上がった。

キープしておいたデラックスダブルの客室に由紀恵と上がると、草薙は薄明るいベッドルームで、上衣とネクタイをとりはらって、靴を脱ぎとり、

「……恥ずかしいが、俺もう勃《た》ってしまったよ」

キングサイズのベッドの上に仰向けに寝ころがると、ズボンのファスナーを下げて、湯気でも立ち昇りそうな、勃起した男根をつかみ出して外気に晒《さら》した。

ハイヒールを脱ぎとって、レースのカーテン越しに宝石でもちりばめたような夜景が展《ひろ》がる窓辺に佇っていた八神由紀恵が、笑いを怺《こら》えるような表情で歩みかけてくると、目に

ねっとりとした光を宿して、ベッドの上の草薙の脚の間に上がり込み、

「こんなに硬くなさって……」

ズボンの窓から突き出された草薙の、赤黒い男根の幹を指で揉みしごいて、淫蕩《いんとう》な笑みを振りまき、悪戯っぽくおおいかぶさってきた。

草薙は舌と舌をからめ合い、身体を反転させて、由紀恵をベッドの上に仰向けに寝かすと、四十路の女の真っ白い両の腕をもち上げさせ、両手を頭の上で組ませて、きれいに手入れされた八神由紀恵のいくぶん汗ばんだ右の腋窩を舐めまわした。

八神由紀恵が黒のワンピースの身をよじって、くすぐったそうに笑い、

「……汗くさいでしょう?」

目の端で、舌を這わせる草薙を甘く窺う。

「……腋の下にこもっているほのかな汗の匂いがたまらん」

「いやあねえ、恥ずかしいわ」

「……腋毛の処理はどうしているのかね?」

「剃《そ》ったり、抜いたりよ……」

「おまえの腋毛を見たい……」

「あなたにだけ見せるのはいいけど、これから袖なしを着る機会が多くなるから、恥ずか

しいわ。電車の中とか会社で他の人に見られないとも限らないもの……」

悪戯っぽく微笑って言ったあと、八神由紀恵は、草薙の右手がワンピースの裾のなかにくぐりこむと、

「シャワーはいいの？」

声音を昂《たか》ぶったようにふるわせた。

「今夜はシャワーを使わずにしたいな……」

草薙は、由紀恵の二枚の下着を肉の厚い腰から引きおろす。

「わたしはいいけど……少し匂うかもしれなくてよ」

草薙と顔を合わせて、八神由紀恵は瞳をうるませながら含羞みの顔をつくり、もち上げられていた左の手を下に泳がせ、草薙音弥のズボンの窓から露呈した男根の亀頭部のふくらみを、慈《いつく》しむように指で弄《いら》った。

「……どこが匂うんだね？」

低く呻《うめ》きながら、草薙は相手の繁みの繊毛をかき上げ、由紀恵の秘部の、すでにぷっくりと屹立した鋭敏な実を指腹で揉みころがす。

「わかるでしょう……あそこ」

由紀恵が顔をしかめながら、腰をくねらす。

捲《まく》れひらいた八神由紀恵の秘部のあわいには、ぬるぬるしたうるみがひろがりはじめていた。

「……もう本気汁があふれているぞ。スケベだからな、由紀恵は……」

「お互いさまじゃない、それは……、あなただって、こんなに硬くして……」

「裸になろうじゃないか。おまえのぬらぬらしたおまんこのこのびらびらで、俺の顔中を撫でまわしてくれんか。俺の顔の上に素っ裸で跨《また》がってさ……」

「うふっ、莫迦《ばか》……」

草薙に内側の花弁を揉み弄《いら》われた八神由紀恵が、腰をよじって、羞恥の笑い声を喉をふるわせて糸でも曳《ひ》くように洩らすと、黒のワンピースに包んだ身体を起こした。

「……仰向けになって下さる？」

草薙が湿った右手の指をしりぞけて、ベッドの上に仰臥すると、男の傍に坐り込んだ由紀恵は、

「あれから、自分でなさったの？」

なまめかしく訊きながら、草薙のベルトをはずし、ズボンとトランクスを脱がせにかかる。

「……何度もしたよ。おまえの具合のいいおまんちょを思い出しながらさ……」

「いやだっ、エッチ！」

腰から下を裸にされて、靴下を脱ぎとる草薙の、びくんと跳ねを打つ男根の雄渾な眺めに、ねっとりと視線をからめた由紀恵の目が細められ、跪《ひざまず》くと、男の肉柱の亀頭のふくらみに添えた舌をまわした。

「ああ、いい……」

鰓《えら》のまわりを濃《こま》やかに滑り這う由紀恵の舌の奉仕に、草薙の腰がうねり、口からよがり声が洩れる。

「吸ったほうがいい？」

由紀恵がふるえ声で訊く。

「……玉を舐めてくれ。そのほうが感じる……」

くすっと笑った由紀恵が、膝をひらく草薙のふぐりをちらちらと舐めまわす。

草薙は身体を起こし、ワイシャツやシャツを脱ぎとり、欲情に赤らめた面《おもて》を上げる八神由紀恵の唇をむさぼり吸った。抱き寄せられて舌を吸われた由紀恵が、

「……あっ」

甘い鼻声を洩らして、眉間を歪めた。

素っ裸になった草薙はいったんベッドを降りて、脱ぎ散らかした衣服をソファの上に片

づけ、ベッドから滑り出て、黒のワンピースを脱ぎとっている由紀恵に視線を向けながら、上掛けの毛布を床にはらい落とした。

「おまえはどうなんだ、俺と会わない間、オナニーをしたのか？」

「ふっふふ、教えない……」

微笑いながら八神由紀恵はてきぱきと下着をとり去って全裸になり、

「夜景がロマンチックねえ。レースのカーテンだけだと、ベッドの上からでも夜景が眺められて、素敵だわ」

ベッドの上に移って、色白の裸体を放胆にベッドシーツに仰向けに投げ出し、窓の先の無数の灯りの彩りに目を細めてみせる。

草薙は、八の字にひらかれて投げ出された八神由紀恵の白い足許のほうからベッドに上がり、ベッドシーツに跪いて、

「おまえのシャワーを使わぬ前の、お尻の穴を舐めたいっ」

由紀恵の双の脚を蛙《かえる》びらきに押し上げながら、言った。

「だめよう、お尻は……」

八神由紀恵が豊熟の白い乳房をゆさゆさと波立たせて、羞恥の笑い声をたてる。

「どうして？　うんこ臭いからか」

「いやあ、あなたっ」

「そうなんだろう？　うんこの匂いがするから、恥ずかしいのだろう……？」

草薙は、由紀恵の臀部《でんぶ》の双つの小山を横にひらいて、顔を寄せる。

「いやだっ、匂いなんか嗅《か》いだりして……」

「……ぷりぷり臭いのを出しているわりには、無臭だねえ」

「いやっ、莫迦《ばか》ッ」

だが、シャワーを浴びずに戯《たわむ》れあうけだもののような、この舌戯の応酬に昂奮したのはむしろ、八神由紀恵のほうであった。

草薙の舌が、薄紫色がかった排泄のすぼまりにそよぎ舞うと、彼女は魂消《たまげ》るような悦の声を上げ、捲れひらいてどろどろになった秘部に男の舌が踊り、びちゃびちゃとうるみを飛びちらすと、

「あああッ、変になるわ、あなたっ」

自ら両手で双の乳房を揉みしだき、狂おしくベッドの上でのたうちまわった。

草薙は、由紀恵の小指の先ほどに勃《た》ち上がって充血した上端の肉の実を、口に含み込んで強弱をつけて吸いたててやる。

「いやあっ、許して……いっちゃう、わたしっ」

由紀恵の腰ががくがくと痙攣《けいれん》し、海辺の磯に漂っているような臭気が、噴《ふ》き上がる。

「……入れるか、由紀恵？」

「……いれてっ、お願いッ」

洟《はな》を啜り上げるようにして、八神由紀恵が訴える。

「……おまえのうんこの穴、おいしかったぞ」

正常位でおおいかぶさって、草薙は辱《はずか》しめの言葉を口にする。

「いやっ、あなたっ」

八神由紀恵が両手を草薙の背にまわし、腰をひくひくと跳ね上げる。

「……あそこより、お尻の穴のほうが好きなんですか？」

「おまえのお尻の穴を舐めると、昂奮するよ……、今度スカトロプレイをやろうか、ん？」

「スカトロって、うんちを見せ合ったりするアレ？」

「そうさ。いやか？」

由紀恵がスカトロを知っていたことが、草薙には頭が痺《しび》れるほどの刺戟と昂奮を呼んだ。

「……おまえの脱糞を見ながら、せんずりをかきたいっ」

「……莫迦、だめッ」

「駄目かい？」

「……うんちは匂いがたちこめるから、駄目よ。おしっこならいいわよ」

羞じらいの笑いを喉を鳴らしてくぐもらせた八神由紀恵が、草薙の灼熱の硬直が深々とすべり込むや、

「……いくっ！」

涼しげな目鼻立ちの顔をしかめきって、のけぞり返った。

由紀恵の肉襞の坩堝《るつぼ》が粘り強く圧迫するような締めつけを加えてくる。

草薙は、由紀恵の双の肩口を上から両手で押さえつけ、大きく腰をまわす。

だが、初手の情事のときは新鮮だった四十路の女の鳥黐《とりもち》にからめとられているような肉の洞《ほら》のうねりが、それに狎《な》れると、甘美な快感が薄らぎ、草薙から硬度を奪いとってゆく。

「いやん、もっと」

由紀恵が鼻を鳴らして、迫《せ》り上げた腰をゆすぶりまわした。すんなりとした二本の脚が草薙の尻の上に巻かれて、右手が下方に泳いで、彼のふぐりを揉みたてる。

その淫らさに、草薙のものにふたたび硬度がみなぎり、卑俗な言葉が呻きとともに口を

衝《つ》いて出る。

「俺の金玉好きか、由紀恵?」

「あーん、好きっ」

「なにが好きか、言ってくれっ」

「あなたの、あぁン、キン、タマ! おちんちんも!」

男のふぐりを揉みしだきつつ、迫り上げた腰をぐねぐねとゆすぶりたてる由紀恵の励ましに、草薙の抜き挿しが速まり、

「ああーッ、すごいっ……あなたっ、わたし、いく……いくぅ!」

雄叫《おたけ》びにも似た遠慮のない悦楽の声が由紀恵の口から放たれたとき、草薙もこころよい放射感に唸りを洩らし、八神由紀恵に蟹挟みにされたまま、どくん、どくんと射精していた。

3

交際倶楽部の木内紗織から連絡がはいったのは、入会の手つづきをとってから二日後の午後であった。

草薙は、木内紗織が入れてきた連絡を会社の一人だけの部長室で受け、携帯を耳に当て、電話に出た。

「……草薙ですが」

液晶表示のナンバーが誰かわからないので、訝《いぶか》りながら応答したのだが、

「……わたし、木内といいます。連絡が少し遅くなってしまって、すみません。昨日、電話をしたかったのですけど、残業があったものですから……」

含羞みを帯びた可愛らしい声に鼓膜をくすぐられて、心が弾んだ。

「……今日は都合がいいのですか？」

「あ、はい。今夜でしたら、五時すぎから身体が空きます」

「四谷《よつや》から近いオリエントホテルは、あなた、知っている？」

「……はい」

「あのホテルのロビーで、六時の待ち合わせはどう？」

「かまいません、その時間だったら……」

相手の素直さに心が浮き立って、

「それじゃあ、六時にね」

やさしい声を木内紗織に送って、草薙は携帯を切ると、若いＯＬとのデートにズボンの

なかの男根をむくむくと疼《うず》かせた。

五時の退社間ぎわに財布のなかの十万の金を白封筒に移して懐《ふところ》にしまい込むと、タクシーで赤坂《あかさか》に向かい、規模の大きなホテルの正面エントランスをくぐった。

中折れの不安が胸をよぎったが、そうなったらそうなったで仕方がないとひらきなおって、フロントで投宿の手つづきを先にとり、ロビーに足を運んだ。

「あ、初めまして。木内紗織です」

ロビーの肘掛椅子に先着していた木内紗織は、時任と一緒に事務所の写真で目にしたときより、清潔感があって愛らしかった。

白のストライプがはいった黒のスーツの肢体も伸びやかでほっそりと都会的だが、胸と腰がむっちりとふくらみ、長い脚が草薙の好みであった。

館内の雰囲気のいい洋食レストランに誘って、キャンドルライトの灯影がゆらめく窓ぎわのテーブル席で向き合って、ワインと食事を楽しんだのだが、たえず俯《うつむ》き加減に羞じらいの笑みをきりっとした唇許《くちもと》に淡く浮かべる相手に、草薙は好感をもった。

「……食事がすんだら、部屋に上がるが、お小遣いだけど、どのくらい渡したらいいかな？」

草薙がワイングラスを掌に真顔で訊くと、木内紗織は鼻筋の通った、くりっとした知的

な目鼻立ちの顔に含羞みの微笑いをきまり悪そうにそよがせて、

「……わたしからは言えませんけど、愛人をしているお友だちに聞くと、五万か六万ぐらいをその都度、お小遣いみたいにしていただいているようです。あと、バッグとかお洋服をたまに買ってもらっているみたい……、わたしもそれで……」

草薙がどきりとするほど真摯《しんし》な眼差しを向けてくる。

「……どのくらい渡したらいいかわからなかったから、一応、十万用意しておいた。この額でいいかな……」

キープしておいた客室に上がり、明かりを入れたベッドルームに落ちつくと、草薙は、つつましげに肘掛に腰をおろした木内紗織に封筒の小遣いを手渡した。

きょとんとした顔で封筒の金を受けとった紗織が、

「今度、会ったとき、バッグか服を買ってあげよう」

草薙に言われると、五十の半ばに近い男の顔を見直したように見つめ返して、

「うれしいです、わたし」

嬉々とした顔つきで、瞳に灯《とも》した一途《いちず》な光をねっとりと草薙に向ける。

草薙はクローゼットに立って、靴を脱ぎ、部屋履きにはき替えると、紗織にもスリッパをすすめてやり、

「……実はぼく、糖尿でね、あの最中に中折れするかもしれん。中折れしたら、勘弁してくれ」

照れくさそうに首の後ろを撫でた。

「草薙さんって、可愛い……」

微笑ってみせた木内紗織が、

「大丈夫ですよ。わたし、がんばりますから」

凛々《りり》しい頬を赤らめながら、大人びた微笑みを草薙に返してきた。

「それと、ぼくはコンドームを使うと駄目になるから、ゴムは使わんがいいかな？」

「……外に出してくれればいいですよ」

言いにくそうに微笑って呟きかけた紗織が肘掛から腰を上げた。

「わたし、シャワーしてきちゃいますけど、いいですか？」

草薙は、シャワーはやめてくれともいえず、紗織の好きなようにさせ、室内灯を消し、ナイトライトだけの灯りをキングサイズのベッドの上に這わせ、ベッドカバーと上掛けの毛布をベッドの上からはぐりのけた。

4

別々にシャワーをすませ、草薙が裸の腰にバスタオルを巻いて、暗くしておいたベッドルームに戻ると、木内紗織は裸身にバスタオルを巻きつけたまま肘掛に坐って、目を伏せながら草薙音弥を待っていた。

草薙はベッドの右横に佇《た》つと、腰のバスタオルをはらいとって、ベッドシーツの上に移り、

「……おいで」

仰向けになると、紗織に向かって、両手を差し出した。

くっきりと賢《かしこ》そうに整った小さな顔を羞じらいに赤らめながら、木内紗織は肘掛から立ち上がると、バスタオルを潔《いさぎよ》くはらいとって、丸裸になり、草薙の左側からベッドに上がってきた。

絖白《ぬめしろ》くなめらかな肌が、草薙の目にまばゆい。服の上から想像したとおり、双つの乳房にはたわわな量感が見てとれ、臍《へそ》に向かって二股に分かれて繁茂する性毛の繁りが、淫蕩な印象を草薙の目にもたらせる。

小造りの顔を囲むレイヤーの髪をはらいあげて、全裸の紗織は草薙の腰の傍に坐り込むと、

「……紗織が大きくしてあげますね」

言いにくそうに呟きかけながら、草薙の半勃《はんだ》ちの男根の幹にほそい指を添えて跪くと、亀頭部にすっぽりと口唇を被せてきた。

きれいな眉をひそめて、あえかに鼻を鳴らし、頬ばった男のものに舌をまわし、唇許を引きおろすや、唇でしごきたてる紗織の一心不乱の奉仕に、草薙はよがり声をあげ、咥えこまれたものを、長大に勃起させていた。

「……上手だねえ。おちんちんを咥えるのが、好きなのか？」

面《おもて》を上げた沙織が頬を赤らめて小さく頷きかけると、含羞み微笑いながら、草薙の左側に神々しいほど色の白い裸身を仰向けに横たえる。

右手をくの字に折り曲げて、気恥ずかしそうに手の甲を面上にかざす紗織の、腋毛がまばらに生えかけた右の腋窩を、草薙は夢中になって、舐めまわした。

「……おまえのフェラにすっかり昂奮してしまったよ」

草薙は、むんむんするような紗織の若い香気に圧倒されつつ、彼女のむっちりとした右の乳房の尖端の実にかぶりつく。

「……気持ちよかったですか？」

むずかるように色白の身をくねらせて、紗織が訊く。

「ああ、気持ちよかった……、恥ずかしい声が出てしまったよ」

紗織の短冊状の繁みをかき上げ、彼女の鋭敏な肉芽を莢《さや》ごと右手の指腹でソフトに揉みころがす。

「ああッ、気持ちいい、それ……」

若い紗織の裸身が、身をくねらす鮑《あわび》のようによじられ、莢をはらった肉芽がこりこりと固くなって尖《とが》り勃つ。

「……敏感だな、紗織は。彼はいるのか？」

「……います。でも若いから、下手なの」

「なにが？」

「……抱っこの仕方が」

「彼とは月に何回ぐらいおまんこしているんだ？」

「そんなにしません……月に一回か、多くて二回……」

「彼とやるときも、おまんこ、ぬるぬるにするんだろう？」

「……濡れますけど、そんなに気持ちよくは……」

草薙は、清楚さを絵に画《か》いたような紗織が卑俗な言葉の問いかけにも素直に応じてくれるのに昂奮し、とろとろに濡れそぼった木内紗織の秘口から中指を挿《さ》し込み、ついで人差し指もくぐり込ませた。

「ああッ、それ……好きです！」

ざらざらした子宮につづく洞《ほら》の四方の壁を、草薙に二指でかきまぜられた段階から、紗織は乱れ、ベッドの上で文字どおり狂ったようにのたうちまわった。

ぐちゃぐちゃと音が起《た》ち、びちゃびちゃとうるみが飛び跳ねる。

「ああーんッ……気持ちいいッ」

「どこが？」

「……なか」

「どこのなか？」

紗織はほんのいっとき口ごもったが、草薙の二指がとろとろにとろけた深みをぐりぐりと攻めたてると、喉を引き絞るような叫びを上げ、

「……お、おま……んこ、紗織のおま、んこのなか！」

淫猥な顔つきをつくって訴えかけ、はげしく身悶えを打って、熱い愛液を草薙の二指にそそぎかけつつ、とろりと吐き出した。

草薙は逆上状態になり、もたげた上体を逆向きにまわして、めっきり薄くなった頭髪をふり乱す勢いで、紗織の無防備にひらかれた白い股の間に顔面を埋めた。いったん舌を踊らせておいて、双ひらの花弁を左右に目いっぱいひらき、若い紗織の淡紅色も鮮やかなあわいを灯りの下に露《あら》わにし、蜜を流したようなその部分に舌を使った。

「ああッ、気持ちいいッ……」

紗織はころげまわらんばかりになり、草薙が昂奮する女の器官の俗称をとろけたような声で連呼し、充血に尖った肉芽を吸われて、泣くような声になった。

草薙は身体の向きを正常に戻し、若い女体におおいかぶさると、おのれを挿し込み、紗織と初めて唇を合わせた。

舌をからめ合うと、紗織はくり返しキスをせがみ、草薙に舌を吸われると、切なげな顔をつくって、すがりついてきた。

ぐいぐいと力強く草薙は動き、

「……もういっちゃう、いく、いく！」

出会ったときの清楚でおとなしそうな物腰をかなぐり捨てた紗織に淫らにすすり泣かれて、ひくひくと締めつけられると、火のような昂奮が頂点に達し、おのれを抜き出すなり、勢いよく吐精していた。

熟年見合パーティの夜

1

辺りが暮れなずむ時刻に、若い石黒千草とラブホテルの入口をくぐるのは照れくさいが、千草のほうは人通りがあってもわりと平気で、草薙にしたがって、ガラスの自動ドアの内側に入ってきた。

ロビーの写真パネルでリビングが付いた洋室を選び、フロントで鍵を受けとって、草薙は、二十七になる千草と赤坂のラブホの洋室におさまった。

明かりの入ったリビングの、長椅子《ながいす》に腰をおろして、草薙は、センターテーブルの上に用意されたバイブレーターのカタログをとり上げた。

「……いろいろあるが、どれにする？」

顔を上げて訊《き》く草薙に、脱ぎ捨てられた男の上衣を、ワードローブにしまっていた千草が頬を桜色に染めて、

「……草薙さんがきめて下さいよ」

草薙に顔をまわしながら、目をうるませて、くすぐったそうに微笑《わら》う。

草薙は、男の性器を象《かたど》った、ピンク色のコードレスの性具にきめて、テーブルの上の電話台の送受器をとり上げると、フロントにカタログで選んだバイブレーターをオーダーした。

「……部屋に届けてくれるそうだ」

代金の支払いは帰りに休憩料と一緒でいいというフロントの声を受け、草薙は電話を置くと、若竹色のビスチェとパンティだけになった千草に呼びかけた。

「……恥ずかしくなっちゃう」

パンティの、薄い布地越しに黒々とした繊毛の繁りを翳《かげ》らせた千草が、セミロングの髪をはらい上げながら、含羞《はにか》み微笑って、草薙の傍《そば》にまわってきた。

長椅子に坐っている草薙の左どなりに小さいが丸々としたお尻を落としてきた千草を、草薙音弥は左の手で抱き寄せ、唇を合わせた。男に寄り添って半びらきの口唇を合わせた千草が、草薙の舌を迎えこむ。

薄く目を閉じた千草と舌をからめ合い、唾液を交換しあううち、五十四になる草薙の男根はズボンを突き上げてくる。

「……勃《た》ってきたよ」

千草のぬめぬめした舌を吸って、草薙は声を掠《かす》れさせた。

繊細な目鼻立ちの、涼しげに整った小造りの顔を含羞みにしかめて微笑った千草が、草薙の表情を盗み見るように振り仰いで、悪戯《いたずら》っぽい目になった。

「……出しちゃっていい？」

可笑《おか》しさを怺《こら》えるように、悪戯っぽく濡れた眼差しで訊く千草の赤らんだ表情に、父親の年齢とさほどちがわぬ草薙にすべてを許して甘えきった情感がゆらぐ。

「見たいのか？」

こくりと頷きかけた千草が、

「おまえが出してごらん」

草薙に囁《ささや》きかけられると、男のズボンのファスナーをほっそりとした白い手指で引き降ろした。

勃起した男根が、千草の手指でズボンの窓から引き出され、外気に晒《さら》される。

「やだっ、もうこんなにおっきくしちゃってえ……」

千草が亀頭のふくらみを指でつまみ、可愛らしい笑い声を咽喉をふるわせて洩らしたとき、部屋のチャイムが鳴った。

「バイブレーターが届いたようだ。受けとってこよう」

気恥ずかしそうに千草が草薙から離れる。草薙は長椅子から立って、露呈している男根をズボンの中にしまい、ファスナーを引き上げて、戸口につづく廊下に出た。

ロックを解いてドアをあけると、中年の女性業務員が、玄関口に立っている草薙をまっすぐ見て、

「……注文された品ですけど」

手にしていた中身が透《す》けて見える窓の付いた矩形の箱を、草薙に差し出した。

草薙はバイブレーターを少々照れながら、箱ごと受けとり、訊いた。

「すぐ使用できますか？」

「ええ。電池ははいっていますから」

パートの主婦とおぼしきどことなく窶《やつ》れた印象の女性は事務的に応じて、踵《きびす》を返すと、部屋の前から立ち去ってゆく。

閉めたドアにロックを掛け、草薙はバイブレーターの箱を手に、リビングに戻った。

寝室をのぞくと、石黒千草は裸になって、ベッドのなかに移っていた。

草薙はピンク色の電動性具を箱から出し、淡く明かりの入った寝室に足を踏み入れて、ベッドの右横にまわった。

「俺のおちんちんよりふといんじゃないか、これ……」

「……やだっ、少しグロテスク！」

掛け布を白い胸許《むなもと》まで引き上げていた千草が頰を紅潮させて、羞じらい微笑いの顔をつくる。

草薙は手にした性具の基底部をまわした。電器シェーバーのような音が起《た》って、男性器の亀頭部を模した性具の先端部分がぐねぐねと振動した。

「いやだァ！」

ベッドのなかで千草が身をくねらせて、湿った笑い声を粘っこくあげた。

双つの乳房が白々と光って、たぷたぷと円錐の波を打つ。

バイブレーターの振動をとめ、ダブルのベッドの枕許の上のカウンターの台に、とりあえず電動の器具を置いて、草薙はネクタイをほどきとると、ベルトをはずした。

身に着《つ》けていたものをてきぱきと脱ぎとり、素っ裸になると、股間の男根を隆々といきり勃たせて、掛け具をめくりどけ、ベッドの上に移った。

丸裸で、顔を左側に背けている千草の、若さが匂い立つクリーム色の裸身の右どなりに添い寝の姿勢をとり、

「バイブレーターのうねりを目にして、昂奮しているんじゃないのか？」

千草の、股間の繁みをかき上げる。

「あんなのを、入れられるのって、少し怕《こわ》い！」

赤く色づいた顔を左に背けたまま、千草が、草薙のいきり勃《だ》ちを右手の指で揉み弄《いら》う。

「……俺のちんちんよりバイブを好きになっても困るからな、少しだけ挿入《いれ》てやる」

舟状にやわらかく割れひらいて、ぬらぬらとうるみを滲《にじ》ませた千草の、秘部のあわいをソフトにこすりたてて、草薙は若い愛人の耳の中を舐《な》めまわした。

「いやぁん、耳……」

千草が肩口をすぼめて、草薙の指の捏《こ》ねくりに浮かせた腰をひくひくとわななかせ、なまあたたかい愛液を秘口からとろりと吐き出す。

「……耳、いやなのか？」

「嫌じゃないけど、中耳炎になっちゃう」

「じゃあ、腋の下だ」

男根の亀頭部のふくらみを揉みたてている千草の右手を、草薙は枕許に押し上げて、腋をあけさせる。

腋毛の剃り跡が青白く残る千草の右の腋窩を、草薙は舐め上げ、ほのかに漂う汗の匂いを舌で汲《く》みとる。

「ふぅーん、くすぐったいよ」

ため口で訴えかけながら、草薙に秘部の上端の、突出した肉の実を指弄された千草が、腰をよじって、

「あッ、ああんっ」

切なげな悶《もだ》え声をあげた。

「……もうこんなにとろとろにして、敏感なんだからなあ。千草はスケベで敏感……」

「草薙さんだって、おっきくしているじゃない」

裸身を草薙のほうにねじった千草が、左の手指で男の怒張を悪戯っぽく弄《いら》う。

「そろそろ、バイブを使うか、千草……」

かぶりを振った千草は、甘えるように草薙の唇《くち》を吸って、

「……玩具《おもちゃ》を使う前にお口でして」

きまりの悪そうな顔つきで、秘部接吻をせがんだ。

「バイブを使ってから、舐めまわしてやる」

右手の指をしりぞけると、草薙はカウンターの台に手を伸ばし、性具をとり上げた。

「なんだか、すごいことになりそぉ」

バイブレーターの刺戟に期待しているのか、石黒千草はベッドシーツに仰向けになる

と、含羞みの顔つきで瞳をうるませる。

草薙は、コードレスの器具のスイッチを入れ、無防備にひらかれた千草の股の間にはいり込む。

ベッドの上に踞《うずくま》って、ウィーン、ウィーンと振動音を起《た》てて、先端のふくらみをうねらせる性具を、千草の濡れそぼった女の部分に押し当てた。

「ああーッ」

千草の腰は弾かれたように迫《せ》り上がり、双の脚がMの字に跳ね上がった。

草薙は、千草のうるみのなかに性具の蠢《うごめ》く先端部を浸《つ》けながら、こすりたてるように手にしたそれを操《あやつ》った。

「ああーッ、すごいよ、これ！」

千草がもっとも歓《よろこ》んだのは、草薙が操るバイブレーターの先端部分が、捲《まく》れひらいた女性器官のうるみにまみれた鴇《とき》色のあわいの、上べりの突出した部分に押し当てられるときであった。

「……うぐうっ、ぐがあっ」

腹の底から絞り出すようなよがり声を千草は口から弾け飛ぶようにあげ、ベッドの上でのたうちまわった。

「ああッ、もうおしっこが洩れそぉ」

とか、

「だめっ、おかしくなっちゃうよぉ」

などとうわ言のように訴えかけながら、悶え狂う千草の反応に、草薙も逆上状態になり、振動を弱めた性具の先端部を、虚《うろ》のようにぽっかりとひらいた石黒千草の秘口に浅く挿し込んだ。

「あうーん、だめぇ！」

性具の先端部を呑みこんだ千草の、のたうつ裸身に痙攣《けいれん》の波動が走り抜け、むせび泣くような声が長く糸を曳《ひ》くように口から上がった。

引き攣《つ》るような弾みをたてる腰の下のシーツに、いつのまにか黄ばんだ水溜りが出来ていた。

失神でもしたかのように、悶絶状態になって、ぐったりと四肢をベッドシーツに投げ出した千草から、草薙はバイブレーターを抜き出し、朝露を吸ったように濡れ光る性具の振動を止めた。

振動を止めた器具をベッドの端にころがしておいて、草薙は跪《ひざまず》き、八の字にひらかれて投げ出された千草の双の脚を膝を立てさせてM字びらきにさせると、彼女の水浸しの女の部分に深く唇を被せた。尿の匂いにかえって昂奮し、ぴちゃぴちゃと水音を起《た》てて舌を使った。

「ああーんっ、わたし、もうだめっ……」

息を吹き返した千草が泣き声になり、草薙にねぶられ、吸い立てられると、

「イッちゃう……あんっ、いくぅ」

がくがくと白い腰をふるわせて、のけぞり返った。

泣きじゃくりながら千草がつづけざまに達すると、草薙は、若い石黒千草のうるみを啜《すす》り飲んで、顔を上げた。

洟《はな》をすすり上げている千草の右側に、ごろりと身体を横たえる。

「どうだった、大人の玩具は？」

千草の左の乳房に右手をのばして、固くなったままの乳首の実を弄《いら》いながら、感想を訊く。

快感の余韻にひくひくと裸身をわななかせながら、

「……すごかった！　何度かわけがわからなくなる瞬間があって……」

千草がきまり悪そうに言う。

「おまえ、おしっこをちびっていたぞ」

「やだァ！　ほんとうですか？」

気恥ずかしそうに笑いかけた千草が、ベッドの端にころがっているバイブレーターをとり上げ、

「これ、貰《もら》っちゃっていいのかなァ」

嬉々《きき》とした顔で、草薙に訊く。

「持って帰りたいのなら、おまえにプレゼントしよう。……恥ずかしくないか、トートバッグのなかに放り込んで、のぞかれでもしたら？」

「大丈夫。ハンカチにくるんで、バッグの底のほうに入れておきますから」

照れたように微笑った千草が、

「わァ、先っちょがべとべと」

淫らっぽい笑い声を可笑《おか》しそうに洩らして、手にしたバイブレーターを枕許の上のカウンターの台に戻すと、

「わたしだけ気持ちよくなっちゃって、恥ずかしいわ」

目をうるませて、草薙の身体にすがりついてきた。

草薙は、千草の裸身を横抱きにし、唇を合わせる。

男と舌をからめながら、千草が草薙の硬度が衰えかけた男根を指でしごく。

「……バイブレーターを持ち帰って、おまえ、あれを使って、オナニーするのか？」

千草に舌を吸わせて、草薙は、石黒千草の溶けくずれたままの秘部に右の手指を差し向ける。

頷きかけた千草が、

「……草薙さんと会えないとき、玩具《おもちゃ》を使っちゃうの」

目を閉じて、含羞み微笑い、草薙の硬度をとり戻していきり勃った男根の亀頭のふくらみを指でさすり弄《いら》う。

千草の指弄のこころよさに草薙は低い呻きを洩らし、

「独りでバイブを使ってもいいから、内部《なか》には挿入《いれ》るなよ。俺のちんぽより玩具が好きになっては困るからな」

屹立したままの千草の鋭敏な肉の実を、秘部に差し向けた右手の指腹でなぶるようにころがす。

「いやァん、感じてきちゃう」

腰をくねらせた千草は、熱いうるみを吐き出し、上半身をもたげた。

「……この本物より玩具が好きになるなんて、あり得ないから安心して」

草薙の長大にいきり勃ちはじめたものを指でさすりたてつつ、男の腰の左わきの、まだ湿ったままのシーツの上に跪《ひざまず》き、昂奮の口ぶりになった。

草薙は、千草の唇の奉仕を待って、仰向けになる。

髪をはらい上げた千草の口唇が、そそり勃った草薙の肉柱の、亀頭冠に被さり、舌が鰓《えら》の周囲を滑りまわる。

「ああ、いい……吸ってくれ」

草薙の要請に応えて、千草が含みこんだものを吸いたてる。

「……うっ」

草薙は喉の奥でよがり声を発し、膝を大きくひらいた。

千草は、含みこんだ亀頭部のふくらみを舌をまわして吸引しつつ、草薙のゆらぐふぐりや尻の狭間をほっそりとした左の手指で撫でさすった。

「……尻の穴を弄《いじ》ってくれ。指を入れてくれてもいいぞ」

草薙の男根を含みこんだまま、うふっと笑った千草が、ためらいがちに男の糞門に指先を這わせてくる。

「……ううっ、いいっ」

「お尻が感じるんだ?」

男の肉柱を口唇から解き放った千草が、草薙の糞門の皺を指先でこそぐように撫でながら、悪戯っぽい目を向ける。

「……感じるよ。指を入れられると、もっと感じる……」

「……入れてあげてもいいけど、爪が痛いかもしれない。今度、爪を短くして入れてあげる」

「舐められるのも好きだよ。俺の尻の穴を舐めるのは嫌か？」

「そんなことないよ。草薙さん、会うたびに千草のお尻を舐めるでしょう、お返しをしてあげてもいいわよ」

「……まだシャワーを使ってないから、少し匂うかもしれんぞ。いいのか？」

「……少しぐらいなら平気。ちょっぴり匂いがあるほうが、千草、昂奮しちゃうかも……大好きな草薙さんのお尻を舐めているって、実感があって……」

きまり悪そうに微笑って言いながら、石黒千草は、両の足を跳ね上げる草薙の股の間にすすんでまわりこんだ。

「お尻をもっともち上げちゃっていい？」

「……少し恥ずかしいが、おまえが舐めやすいようにしたらいい」

跪いた千草が、両手で草薙の引き締まった尻をもたげて、横にひらいた。

草薙はおしめを取り替えられるときのような恰好《かっこう》をとらされていた。

露《あら》わにされた排泄の穴がすうすうして、さすがに気恥ずかしいが、軽い羞恥がおのれをさらけ出す快感にすり替わった。

千草のほうも、男に奉仕するマゾ的な悦《よろこ》びに見舞われているのか、目を閉じ、顔を淫猥にゆがめきって、草薙の糞門にねっとりと、舌をそよがせはじめた。

「おおう、おおっ……」

草薙は、矢のように脳天に駈け上がってくる電流を流し込まれるような痺《しび》れに唸《うな》り声を上げ、おのが左の手で長大に勃起した男根をしごいていた。

「ううっ、いってしまいそうだ、俺……、このまま、せんずりをかきながら射精してしまいそうだよ……」

声を上ずらせる草薙の糞門をちろちろと舐めまわしていた千草が、妖しく紅潮させた面《おもて》を上げると、

「だめっ、そんなの……」

うるんだ瞳に真摯《しんし》な光をきらめかせて、草薙をたしなめ、やおら、男の腰に跨《また》がり乗ってきた。

跳ね上げていた下肢をベッドシーツの上に降ろした草薙の腰を跨いだ千草はなにかに憑《つ》かれたように、長大な男の肉柱を逆手でつかみ、自身の濡れそぼちの部分に性急に導きこ

んだ。ねちゃりとやわらかな肉がひろがる音が起《た》ち、草薙の硬直が付け根ちかくまで没し、千草のあたたかくとろけた女の坩堝《るつぼ》につつみこまれる。

俯《うつむ》いて草薙の棍棒と化したものを、腰を沈めつつ根元まで自らの手で挿し込んだ千草が、胸を反らせて、両手を男の腹の上におき、鼻息を喘がせながら、苦悶の顔つきで口を食いしばった。

ぴくぴくと締めつけてくる千草の、肉襞の洞《ほら》の甘美さに、草薙は呻き、中折れの不安も忘れ、ぐいぐいと下方から突き上げた。

「あッ、あうぅ、ああんっ」

草薙の上で、千草が顔を歪めて、可愛らしいよがり声を上げる。

双つの乳房が白く輝いて、ゆさゆさと弾みゆらぐ眺めが、動物的で、草薙の放射を早めた。

「……気持ちいいか、ん?」

「気持ちいいッ……草薙さんのおち、んこ、気持ちいいッ」

「俺のおちんこ、好きか? 玩具より好きか?」

頷《うなず》きかけをくり返した千草が、草薙に力強く突き上げられると、引き絞るような悦《えつ》の叫びをあげ、髪を乱し振って、腰をまわした。瞬間、名状しがたい痺れに草薙は見舞われ、目がくらんだ。

「ううっ、出るっ……俺、いくっ」

千草が嬉々とした顔つきで、腰を浮かせ、男の身体の左側に飛び降りた直後、草薙は白濁の精を、勢いよく虚空に弾き飛ばしていた。

2

それから五日後の夕闇が降りた時刻、草薙は部下の時任熊男と西新宿のセントラルホテルにタクシーで向かっていた。

この日の昼食どき、草薙と一緒に会社の近くの蕎麦《そば》屋で向き合ってソバをたぐっていた時任が、

「今夜、部長は時間が空いていますか」

箸を休めて、真顔で切り出した。

「空いているが、何故かね？」

「……わたしのホスト時代の知り合いに結婚相談所をやっている男がいましてね、彼が月に二度ほど新宿のホテルでお見合パーティなるものを開催するわけです。本業からはいさ

さか逸《そ》れたイベントですが、これが熟年男女の出会いの場として、なかなか好評でしてね……」

「熟年というと、集まる男女は、四十代、五十代かね？」

「いえ、そうとも限らんのです。わたしが知り合った女性は三十の半《なか》ばでした……」

課長の時任が箸を宙に浮かせたまま、にやりとしてみせた。

「きみはそんなパーティにも参加しているのか……」

「いろんなところに顔を出すのが愉《たの》しみでしてね……、どこにオイシイ話がころがっているか、わかりませんから……」

「きみには感心するよ。女漁りのキャパが広くて……、ところでそのお見合パーティだが、会場で知り合った女性とは結婚を前提とした交際をしなければならないんじゃないのか？」

せいろのソバを食べおえ、煙草に火を点《つ》けて草薙が問いかけると、時任は手を横に振ってみせた。

「……表向きはお見合パーティですがね、内実は熟年を迎えた男女が恋人なり愛人なりを調達する場でして」

草薙の前に顔を伸ばして時任は声をひそめて、つづけた。

「……現にわたしが知り合った三十半ばのバツイチ女性ですが、知り合ったその夜のうちにセックスさせてくれましたから。遊びのセックスでいいというんです……。イベントは今夜ですが、ぼくのところに案内状が来ていますから、一緒に行ってみませんか。ぼくとセックスした女性が、女友だちを連れてくるそうですから、お見合してみたらどうです？」

「会は何時からかね？」

「六時からですが、盛り上がるのは七時ごろからですから、六時すこしすぎに社を出ればいいと思います」

「きみのところに来ている案内状で、同伴も許されるのか？」

「ええ。会費さえ払えば、わたしの知人ということでオッケーです。むしろ、連れがあったほうが、会の主催者はよろこびますよ。会費がそれだけ増えるわけですから……。いや、部長が今夜は都合が悪いとおっしゃったら、誰かわたしの友人を引っぱり出そうと思っていたのですが……」

「会費はいくらなのかね？」

「一人三万です。女性は二万だと聞いていますが……」

「けっこうな会費をとるんだな……」

「少々高額かもしれませんが、集まるのはハイソな、熟年の紳士淑女ですから……」

「まあいい。きみの会費もわたしがもってあげよう」

「……それはどうも」

課長の時任が明るい表情で、米つきバッタのように、上司に向かって頭を下げた。

「きみにはプライベートな面でいろいろ世話になっているからな……それぐらいのことはせんと……」

草薙は喫っていた煙草を灰皿に揉み消しながら、言葉を継いだ。

「……あまり期待しないで、同行しようじゃないか」

「そうおっしゃらずに……、今夜が期待はずれでしたら、また合コンを企画しますよ」

にやりとして時任は勘定書きのシートをとり上げ、草薙が手を伸ばそうとすると、

「たまにはわたしが――」

そう言って、椅子から立つと、大股でレジに向かった。

西新宿の、中央公園に近い大きなホテルの回転扉を草薙と時任がくぐったのは、午後の七時をまわった時刻であった。

時任が先に立って、地階の宴会場へと下りてゆく。

ていたが、途中のタクシーのなかで、草薙は財布のなかから一万円札を六枚、部下の時任に手渡し
「会費を払ってきますので、一緒に来て下さい」

地階の会場の前までくると、時任は上司に声をかけ、受付のカウンターへと歩を進めた。草薙は部下の背に従う。

「会社の上司なんだが、参加したいとおっしゃるのでお連れした。いいかな?」

受付の、時任とは顔なじみらしい、利発そうな顔立ちのまだ若い女性が、

「どうぞ。お名刺を頂戴できますか?」

愛想のいい笑い顔を、草薙に向ける。

草薙は上衣のポケットから名刺入れをとり出し、一枚を差し出して、二人分の会費を払った時任と一緒にほどよく照明が落とされた会場内に足を踏み入れた。

まだ七分の入りの会場は、生バンドが入っていて、バンドの演奏に合わせて、チークダンスに興じている熟年の男女もいる。

奥の壁ぎわにバイキングの料理が設《しつら》えられてあり、フリードリンクの酒の用意もされている。ホテルの従業員らしき二、三人の男性がトレイにグラスを載せて、会場内をまわっていた。

時任が、奥のほうに並んで佇《た》って人待ち顔に腰の前でバッグをかかえた二人の、妙齢の女性の前へとすすんでゆく。

二人とも三十代の半ばくらいか、一人は臙脂《えんじ》のワンピで傍らの女性は清楚《せいそ》な純白のスーツであった。

やや西欧的な顔立ちの臙脂のワンピースに腰つきのすらりとした肢体を包んだ女性のほうが、歩みかける時任に向かって、面映《おもは》ゆそうに微笑いかけた。

どうやら、その女性が時任の相手であったらしく、二人は親しげに談笑している。

傍らの白のスーツの、ぽってりとした身体つきのわりには手足の長い女性は俯《うつむ》きかげんに視線を落として含羞んでいたが、時任に呼ばれた草薙が寄って行くと、

「初めまして。矢島美保《やじまみほ》といいます。美保は美しいに保《たも》つと書きます」

目の前に佇《た》った草薙と顔を合わせて、悪戯っぽく目を輝かせてみせた。

美人ということでいえば、時任の相手のほうに軍配があがるが、鼻の先の隆《たか》い勝ち気そうな上品な面立《おもだ》ちが、草薙好みであった。ゆるくパーマをかけた肩先まである髪も、栗色がかってつややかであったし、なによりも草薙と背丈の釣り合いがとれているのが良かった。

「部長、わたしは彼女と飲みに出かけますが、部長はどうなさいますか？」

草薙が矢島美保に名刺を渡していると、横合いから時任が、声を低めて訊いてきた。

「俺も適当にするよ。美保さんと——」

草薙と目を合わせた矢島美保が、清潔そうな皓《しろ》い歯を見せて羞じらうと、視線を伏せて含み微笑った。

矢島美保の、初対面にもかかわらず、好色そうな蠱惑の香りに、草薙が心をときめかせていると、

「そうですか。それではぼくらはここで失礼しますよ」

課長の時任は意味ありげに上司の草薙に微笑みかけ、臙脂の服の美人と腕を組んで、会場を抜け出して行った。

「……どうします？　ぼくらもここを出ますか？」

草薙は、目の前の矢島美保の、白のタイトスカートに包まれた豊麗な腰つきに目をやって言った。

「……わたしはどちらでも。草薙さんにまかせますわ」

矢島美保が唇許《くちもと》をほころばせて、視線をうるませる。

「それじゃあ、出ましょう」

相手を促《うなが》して、草薙は矢島美保と会場を抜け出すと、受付嬢に軽く頭を下げて、エスカ

レーターに足を乗せた。

一階のロビーに出ると、

「このホテルから少し歩いたところにあるコンチネンタルホテルの最上階に雰囲気のいいバーがあります。軽く食事も出来ますから、そこに行きませんか」

草薙は、肩を並べた矢島美保に顔をまわした。

「……少しお腹《なか》も空《す》いてますし、そうします？」

正面に顔を向けたまま、矢島美保は笑い顔で言い、

「わたし、バイキングってどうも苦手で。冷《さ》めたお料理をありがたがっていただく気になれなくて……、ごめんなさい、生意気なことを言って」

ちらと草薙に艶っぽい視線を向ける。

「いや、ぼくも同感ですよ。それじゃあ、バーをやめて、ちゃんとした食事をしますか？」

「バーでいいです。沢山食べると、肥《ふと》ってしまって……これ以上、肥りたくないし」

「ちっとも肥っているようには見えませんよ。脚の線がすらっとしているせいかな……」

「うふっ、うれしいっ」

ホテルを出ると、矢島美保は草薙の肩に顔をあずけるようにして寄り添い、彼の腕にそ

っと腕をからめてきた。

品のいいコロンの香りが草薙の鼻腔をくすぐり、俄《にわか》に股間の男根がズボンのなかでむくむくと勃ち上がってきた。

3

コンチネンタルホテルの、最上階にあるバーに矢島美保と上がり、長いカウンターの中央に並んで坐った。

ほの明るい間接照明の店内は客の影も薄く、正面のガラス張りになった壁の先に、宝石をちりばめたような夜景の眺めがパノラマとなって展《ひろ》がっている。

「……素敵なバーですね、ここ」

目を細めて呟《つぶや》きかける矢島美保に、

「飲み物はなににしますか?」

草薙は頬をゆるめて、訊く。

「グラス売りのワインがありましたら、わたしはそれで……」

矢島美保が控えめに言う。

バーテンダーを呼び寄せて、草薙は自分は国産モルトの水割を頼み、矢島美保にはグラスの赤ワインをオーダーし、鯛の湯びきやシーザースサラダ、サイコロステーキを頼んで、

「ぼくにはミックスサンドとチーズの盛り合わせをくれ」

目の前のバーテンダーに追加注文した。

「ステーキはわたしだけなんですか」

矢島美保が、怪訝《けげん》な表情を向けてきた。なだらかな白い頬がほんのりと赤く染まって美しい。

「……じつをいうと、糖尿でしてね、カロリーの高いものは控えているんですよ」

「あら、じゃあ、イタリアンなんかはだめですわねえ」

「イタリア料理がお好きなんですか？」

「……って、いうより、わたし、イタリアンのお店をやっているんです」

矢島美保はバッグをあけると、

「申しおくれまして……」

と言い、女ものの名刺を草薙に差し出した。リストランテ〈矢島〉・矢島美保と刷りこまれていた。店の住所は目黒区・自由《じゆう》が丘《おか》となっていた。

「これは失礼した。……イタリアンレストランのオーナーでしたか」

相手の名刺を上衣のポケットにしまい入れて、草薙は、矢島美保を見直した。

矢島美保は微笑って、白い手を横に振ってみせた。

「……小さなお店なんですよ。離別した夫からの慰謝料で出した店ですから」

含羞んで矢島美保が言ったとき、二人の前に料理とワイン、水割が出された。

「いまは、お独り？」

草薙は水割を手に、訊いてみた。

「……独りです。草薙さんは？」

「ぼくも独身ですよ。失礼だが、おいくつ？」

「……三十九です。草薙さんは五十代に見えますけど、結婚なさらないの？」

「……あなたのような、ぼく好みの素敵な女性に出会う機会がなかったからかな」

水割を啜《すす》って、草薙は言った。

「お上手ですのね……」

羞じらい笑って、ステーキを口に運んだ矢島美保が、

「おいしいわ」

嬉々《きき》とした顔をつくる。

草薙はサンドイッチを矢島美保にゆずり、チーズを頬ばって、

「いまつきあっている男性はいるんですか？」

ひそやかに訊いた。

「……おつきあいしている人がいたら、店を休んでまで、今夜のようなパーティに出かけてはきませんわ」

矢島美保は遠くに視線を遊ばせて、微笑いながら言う。

草薙はここを先途と矢島美保のつややかな髪に顔を寄せた。

「……このホテルに部屋をとる？」

矢島美保は含羞み微笑って目を伏せたが、なにも言わなかった。

草薙は、女の沈黙を承諾と受けとり、バーテンダーを呼んで、チェックを頼んだ。

バーを出て、エレベーターでいったんロビーに降り、矢島美保をベンチの一つに坐らせて、草薙はフロントに行き、ダブルの客室を頼んだ。

投宿の手つづきをとって、部屋のキィを受けとり、案内は断わって、矢島美保の前に戻った。

「行きましょう」

促されると、矢島美保は上目遣いにねっとりとした目で草薙を見上げ、羞じらいの笑み

を照れたように唇許に揺らしながら、髪をはらい上げて、ベンチから立ち上がった。なにかの期待に上気したように桜色に輝く頬があでやかに映《は》える。

利用階に上がる二人だけのエレベーターの箱のなかで、草薙に抱き寄せられると、矢島美保はすすんで男と唇を合わせ、うっとりとした顔をつくって、細い舌を合わせた口の中でちろちろとまわした。

4

明かりを入れたベッドルームの、二人がけのソファにとりあえず並んで坐り、草薙は、女の肩に腕をまわす。

待っていたように矢島美保は男に寄り添い、草薙に唇を許した。舌を入れて、相手の舌を誘い出すまでもなく、矢島美保のぬめらかなやわらかい舌が草薙の舌にからむ。

たっぷりと舌と舌をからめ合ってから、草薙は接吻を解いた。

「……パーティ会場で初めてあなたを見かけたときから、あなたとやりたかった」

草薙に甘えるようにしなだれかかった矢島美保がうっとりと目を閉じたまま、好色そう

な笑みを唇辺《くちべ》にそよがせて、

「……草薙さんって、もっと若い女性がお好きだと思ってましたけど」

悪戯っぽく言う。

「いや、ぼくがやりたいのは、あなたのような酸《す》いも甘いも知っている淑女ですよ……男を知りつくしたね」

草薙は、悪戯っぽい微笑いを目を閉じた顔に浮かべている矢島美保の唇をもう一度、ふさいだ。

繰り出された矢島美保の舌が、草薙の舌にねっとりとからんで、大胆にうねる。

「……シャワーすませてきて、いいかしら？」

草薙に舌を吸わせた矢島美保が、目をひらいて、甘えるように訊く。

草薙としては、このままベッドに移って、矢島美保の秘部に舌の愛戯を揮《ふる》いたかったが、初手の交歓からそうも言えず、

「どうぞ。先に浴びてらっしゃい」

ソファから立って、矢島美保にシャワーをすすめながら、クローゼットをひらいて、部屋履きにはき替えた。

矢島美保が、ソファから立ち上がって、自分もスリッパにはき替えると、白のスーツを

着《つ》けたままバスルームにはいってゆく。きれいなふくらはぎが草薙の目に滲《し》みるほどまばゆい。

草薙がトランクス一つになって、裸同様の身体をソファに沈めて煙草を何本か喫ってい

ると、矢島美保がぽってりとした裸体にバスタオルを巻きつけ、脱いだ服や下着を両手に

かかえて、ベッドルームに素足を踏み入れてきた。

センターテーブルの灰皿に喫っていた煙草を揉み消して立ち上がる草薙の、テントを張

ったトランクスの前に視線を投げて、微笑って含羞む矢島美保の赤らんだ面《おもて》にオンナが匂

った。

草薙がシャワーで汗を流し、バスタオルを腰に巻いて戻ると、キングサイズのベッドの

まわりだけの淡い明かりに切り換えた矢島美保は全裸の、絖白《ぬめしろ》い光沢を放つ裸体をベッド

シーツにうつ伏せて、草薙音弥を待っていた。

ふくよかな白い臀部の山並みが、小暗い割れ目までのぞかせて、草薙の下劣な欲情をそ

そり立てる。

草薙は、矢島美保の下肢に掛けられた毛布を引きはぐって、床にはらい落とし、うつ伏

せの女体の右側に、素裸になって上がった。股間の男根をいきり勃たせつつ、女の尻の傍

らに跪《ひざまず》く。

両手で、矢島美保の白い山脈のようなお尻を横にひらき、割れこみのたたずまいを露《あら》わにする。

焦《こ》げ茶色の割線があからさまになり、薄紫色の排泄のすぼまりと、その下べりの、黒々とした繊毛に囲われた秘部の景観とが、草薙の目の下に晒《さら》される。

草薙は顔面を埋め、矢島美保の排泄の莟《つぼみ》を舌の先で小突き、ついでねっとりと舐めまわした。

「いやあねえ……そんなところを」

くぐもった笑い声を洩らして、矢島美保が尻をくねらせる。

草薙が顔を上げて、添い寝の姿勢をとると、裸体を仰向けに反転させた矢島美保は悪戯っぽい目で微笑って言った。

「女のお尻の穴が好きなんですか」

「舐めると、昂奮する……腋の下も舐めたいが、いいかな？」

頷きかけた矢島美保が目を閉じて、すんなりとした真っ白い右の腕をもち上げて、腋をあけた。

横皺を刻んだ矢島美保の腋窩には、腋毛が伸びかけており、黒い糸屑を散らしたようなそのエロティックな眺めに昂奮して、草薙は女の腋の窪みに夢中で舌を走らせた。

「……ふうーん、くすぐったいわ。お尻の穴もくすぐったかったけど……」

矢島美保が、好色そうな微笑いを目を閉じた顔になまめかしく揺らし、肉感的な裸体をくねくねとよじる。

服の上から想像していたとおり、双の乳房はたわわな重量感があり、身をくねらすたびに、ゆさゆさと重たげな波を打つ。

「……女のからだの、匂いのあるところが好きなのねえ。ふっふふ、いやだあ」

微笑いながら矢島美保は、草薙に右の乳首の実を吸われると、

「……うふーん、はうーんっ」

悩ましい鼻息をこぼして、頭をもたげ、上半身を起こした。

嬉々とした笑みを浮かべながら、男の腰の傍らに跪《ひざまず》く。

仰向けになった草薙の、長大にそそり勃ったものをさすりたて、

「けっこう立派な持ち物を持ってらっしゃるのねえ……」

喉に粘りがからんだような掠《かす》れ声で言い、面《おもて》を伏せると、指でさすりたてている男根の亀頭冠のふくらみに口唇を被せた。

亀頭部のふくらみをねっとりと吸い上げられて、草薙は呻きを洩らした。

矢島美保の奉仕は、男根の先端のふくらみだけを含みこんで吸い立てをくり返すだけだ

が、女の唾液が鰓《えら》の周《まわ》りにあたたかく滲《し》みこんでくる感覚があり、それがむず痒《がゆ》さをともなって、草薙には思わずよがり声が出そうになるほど快美であった。

「やめてくれ……そんなふうに上手に吸われると、早くぶちこみたくなってきて、我慢できなくなる……」

「……入れて欲しくて、吸っているんですもの」

欲情に美しく赤らめた顔を上げた矢島美保が、きまり悪そうに笑いかけ、淫蕩な笑みを唇辺に浮かべつつ、上体を起こす草薙の左側に、あらためて絖白く輝く裸体を仰向け、くねらせる。

「……早く入れたいの？」

問いかけながら、草薙は、矢島美保の重たげにゆらぐ左の乳房に吸いついた。

「あっふーん……」

鼻を鳴らした矢島美保が、

「ずっとしてないのよ……だから、早く欲しいわ……」

切なげに腰をゆすった。

「……離婚されたあと、つきあっていた男はいたんでしょう？」

草薙は、ふっさりと繁った矢島美保の性毛のむらがりをかき上げた。

「……いましたけど、別れて、半年になるわ」

矢島美保が股をひらきながら、上ずった声音で言う。

「その人と別れてからは、男とやってないの？」

ゆるみひらいた秘部の上端の、発情のために固く屹立した鋭敏な肉の実を、草薙に右手の指腹でころがされた矢島美保は、肉感的な腰をふるわせ、

「あッ、ああんッ」

甘やいだ嬌声をあげ、草薙の問いかけに頷きかけながら、

「もう半年もしてないわ……今夜、あなたに誘われなかったら、帰って、独《ひと》りでいけないことをしていたでしょうね……」

気恥ずかしそうに顔を歪《ゆが》めて、切れぎれに言う。

「オナニーはよくするの？」

「……ほとんど毎日のようにしているわ」

「そのせいかな、おさねが大きいのは……」

草薙はいったんしりぞけた右手の指を口に含み、唾液をからめて、矢島美保のうるみが湧出しはじめた秘部のあわいの上端に突出した肉の実を、唾で濡らした指腹で揉みころがした。

「あんっ、ああーんっ」

矢島美保の口から高い声が上がり、男の腰の前に泳いだ右手が、草薙の隆々と長大にいきり勃った男根をつかみ、急《せ》くようにしごきたてる。

「……別れた男はいくつだったの？」

「草薙さんより少し若いかな……五十になったかならないかの人……」

「持ち物はどうだった？」

「……草薙さんのほうが大きいわ」

「もう入れたい？」

「……入れて欲しいッ」

「なにを？」

「この大きいおちんこ！」

「美保は脳で感じるほう？　それとも子宮で感じるほうかな？」

「……どちらでも感じるわ、脳でも子宮でも……、でもどっちかっていうと、脳で感じるタイプかしら……」

「それじゃあ、入れる前に脳で感じさせてあげよう……」

草薙は身体を起こし、ひくひくと腰を迫《せ》り上げて身悶える矢島美保の、大きくひらかれた白い股の間に入り込んだ。

跪《ひざまず》いて、女のすらりとした双の脚を、膝を立てさせて押し上げ、

「……丸見えだよ、美保。初めて会った男の前に大事なところを丸出しにしてもいいのかい?」

鮑《あわび》のようなたたずまいを見せる矢島美保の秘部に、顔を寄せた。

「……いいの」

「なにがいいのかね?」

「……草薙さんとしたかったから、いいのよ、見られても……」

「それにしてもスケベそうな道具立てをしているね、美保は……、ぱっくりと割れて、ずるずると糸まで曳《ひ》いてさ……」

「……ああっ」

「どうしてこんなに溢《あふ》れさせているのか、言ってごらん」

「……あなたとしたいからよ。したかったから、ぐちゃぐちゃなの」

「……舐められるの、好きかい?」

「……嫌いな女性って、いるのかしら」

草薙の唇《くち》が、捲《まく》れひらきの女の部分に被さっただけで、矢島美保は腰をがくがくと打ち

ふるわせ、浮かせた背を反《そ》らせていた。

草薙は、矢島美保のびらびらした対《つい》の内側の女唇を横にくつろげ、うるみにまみれた紫紅色の襞のあわいを楕円にひらいて、舌を躍らせはじめた。

びちゃびちゃとうるみが飛び散り、

「ああんっ、ああーッ」

のけぞり返った矢島美保が、熱い女液をどくりと、草薙の口の中に流しこんだ。

上端の朱《あか》く屹立した肉の実を、草薙は舌で叩き、捲れ返った内側の女唇の裏側にも舌をすべらせてやる。

饐《す》えた牝《めす》の臭気の噴き上がりが強まり、下べりの秘口が、ぽっかりとひらいて、ホラ貝のような景観を見せつける。

「ああッ、もう下さいッ」

激しく身悶えて、草薙をせがむ矢島美保の声がすっかり裏返り、ホラ貝のような秘口がひくひくと妖しく収縮する。

「指を入れてやろう」

「いやいや、おちんこがいい……大きいおちんこでしてえ」

「なにをしたいの？」

草薙は上体を起こし、水浸しの矢島美保の股の間に膝行《しっこう》しつつ、子供でもあやすような口ぶりで問いかける。

「……意地悪」

おおいかぶさる草薙の背にとりすがって、矢島美保が羞恥に表情をゆがめ、か細く卑語を口にする。

矢島美保のようなエレガントな女性が、どん底の言葉であけすけに交歓をせがむ狂おしさが、草薙に新鮮な昂奮を生んだ。火のように猛ったものを、腰を落としてあてがい、浅くうずめてやる。

「……あうう、もっと」

「なにをしたかったか、もう一度、大きい声で言ってごらん」

「あん、おま、んこ……ああん、したかったのッ」

「いきたくなったら、外に出すからね……それとも顔にかけてやろうか、ん？」

「……外に出すなら、飲ませて！　飲みたいの！」

狂ったように訴えかける矢島美保に逆上し、草薙は中折れの事態など気にかけず、ぐいぐいと腰を送った。ぬめらかな肉襞の洞《ほら》がぴくぴくとうねり、草薙を追いつめる。駈け上がってくる痺れに負けて、烈しい抜き挿しに移った。

「ああッ。いくっ……、あなたって素敵、いくわぁ」

矢島美保は淫靡《いんび》に叫び出し、草薙がおのがものを抜き出して、白い胸の上に打ち跨ると、頭をもたげ、両手を男の腰に巻き、

「わたしの喉に熱いの、放って！」

草薙のぬらぬらと光る男根にかぶりつき、一心不乱に頬ばったものを吸いたてた――。

派遣の人妻

1

その夜、草薙は紀尾井町の高層ホテルのなかにある雰囲気のいい洋食レストランの窓ぎわのカップル席で、矢島美保と向き合っていた。

自由が丘で小体《こてい》なイタリア料理店を経営する矢島美保と身体の関係が出来てから、最初のデートであった。

離婚歴のある矢島美保は、エレガントな、四十路《よそじ》前の熟女だが、初手の交歓から草薙の精を嚥下《えんか》してくれ、草薙音弥《おとや》をおおいに感激させた。

「ぼくはあなたを気に入ったよ。……声を聞きたくなったら、夜中にあなたの携帯に電話を入れてもいいかな？」

西新宿のコンチネンタルホテルの一室で肉の快楽に耽《ふけ》ったあと、身繕《みづくろ》いをすませ、互いの携帯のナンバーを交換し合って、草薙が言うと、

「いいわよ。お電話下さいな」

矢島美保は、ドレッサーの鏡に向かって、口紅を引きながら、気楽に頷きかけてみせた。

「……テレホンセックスをしましょうか」

「したことないから、どうすればいいかわからないわ。草薙さんがリードして下さる？」

「いいですよ。一緒にオナニーしましょう……」

「……少し照れくさいわ。電話でそんな遊び方をするのも、たまにはいいでしょうけど、それだったら、近いうちにまた会いません？　月曜日はわたしのお店、定休日なんです。今度の月曜、どうかしら？」

「いいですね、あなたとまた会えるとは光栄だな……」

「それはわたしのほうの台詞《せりふ》だわ。わたしでよければ、これからもつきあって下さい」

「……中折れすることもあるかもしれませんよ。それでもいいかな？」

「わたしはあまり気にしませんから。……草薙さんが中折れしないようにがんばりますから」

鏡の前から立ち上がりながら、照れ隠しの笑みを唇辺《くちべ》になまめかしく揺らして、悪戯《いたずら》っぽい目を向けてくる矢島美保に好感がもて、草薙は、つぎの月曜日に紀尾井町のタワーホテルのロビーで、午後の七時に落ち合う約束をした。

六時すぎに会社を引き取って、タクシーでタワーホテルに駆けつけ、フロントで投宿の手つづきをとってから、待ち合わせのロビーに歩を進めた。

肉感的なボディラインを涼しげなサックスブルーのワンピースに固めて先着していた矢島美保と顔を合わせ、先に食事をすますことにした。

草薙は鮨か天ぷらの和食にしたかったが、矢島美保が、

「ホテルのなかの洋食の名店のお料理を味わってみたいわ。うちの店で出す献立の参考にしたいの」

そう言うので、サンフランシスコにも店を出している館内の有名レストランに美保を案内し、夜の闇に染まる中庭を見渡す窓ぎわのテーブル席で向き合ってワインで乾杯した。

スペアリブや蟹肉の包み揚げ、オニオングラタンスープ、イベリコ豚のローストをオーダーし、草薙は前菜は美保にゆずって、スープをすすった。

「ここのスペアリブ、さすがにおいしいわ。あなたもいかが?」

「食べたいが、やめておくよ。糖尿の数値が上がるとやばい。メインのイベリコ豚はいただくが……」

「和食にしたほうがよかったかしら。でもたまには肉料理を召し上がったほうがいいわ

よ。お肉が中心じゃないと、体力がつかないでしょう？　あっちのほうも元気にならないし……」

　ワイングラスを掌に、矢島美保が好色そうな、艶っぽい目を向ける。

「今夜は大丈夫だ。……あんたとこうしているだけで、勃《た》ってくるよ」

「うふっ、じゃあ、早く食事をすませて、部屋に上がります？」

　矢島美保の涼しげな目許に朱が射《さ》し、草薙の顔に向けられる視線が妖《あや》しく粘りつく。ワインに濡れた紅唇になにかを期待するような笑みがゆらぐ。

「そうしよう……」

　草薙は、女の言葉に顎《あご》を引き、ワインを呷《あお》った。

　メインのイベリコ豚を平らげて、コーヒーを飲みおえると、草薙はテーブルチェックで、勘定を頼んだ。

　カード払いで勘定をすませ、美保と一緒に腰を上げる。

　キープしておいたダブルの客室に矢島美保と上がり、ベッドルームに明かりを入れるなり、部屋履きにはき替えもせず、キングサイズのベッドの上に、ワンピースを着《つ》けたままの美保を押し立てた。

　上品な面《おもて》を欲情に色づかせた三十九になる矢島美保が、羞《は》じらいの微笑《わら》いをたたえながら、男の表情を悪戯っぽく上目遣《うわめ》いに盗み見て、草薙と一緒にベッドに倒れこむ。

草薙は上になって、美保の口唇をむさぼりたてた。

舌を誘い出された矢島美保が、目を閉じた美しい顔にうっとりと夢見るような表情を浮かび上がらせて、やわらかな舌を、草薙の舌の先に巻きつける。

お互いにたっぷりと舌をからめ合う。

唾液の音が起《た》ち、女の舌が跳ねを打って、合わせた口の中で大胆にうねった。

草薙は下半身をベッドの上にずらし、美保の舌を吸いながら、彼女のワンピースの裾《すそ》をたぐり上げ、二枚の下着の内側に右の手指をくぐらせた。

もじゃっとした性毛の繁みが指にまといつく。繊毛の繁りをかき上げ、秘部の空《から》割れ口をくつろげひらいて、上端の突出した肉の実を指腹で揉みつぶすようにして、なぶりころがす。

舌を吸わせていた矢島美保が、眉間をゆがめて、口唇からだらしなく平べったい舌を差し出したまま、

「あン……」

甘やいだ喘《あえ》ぎを洩らした。

ぬるぬるしたとろみのあるうるみが秘部のあわいに滾々《こんこん》と湧き立ち、草薙の右手の指を

濡らす。

草薙は空いているほうの手指でおのがズボンのファスナーを引き下げ、雄渾に勃起した男根をつかみ出し、外気に晒《さら》した。美保の右手をとって、ズボンの前に導き立てる。

草薙の指弄にうるみを溢《あふ》れさせ、腰をくねらせていた矢島美保が、ズボンの窓から長大ないきり勃《だ》ちを見せる男のものをにぎりしめて、亀頭のふくらみを指でさすった。

「……ううっ」

草薙は低く呻《うめ》き、溶けくずれはじめた矢島美保の秘部の、複雑な起伏のあわいを、指先に力を込めて捏《こ》ねまわした。上べりの鋭敏に屹立した肉の実も揉みこむように弄《いら》い立てる。

「あんっ、ああんっ」

矢島美保は、草薙の男根を揉みしごきながら、泣くような喘ぎを鼻にかかって上げ、しきりに腰をよじった。

「ぬるぬるをもうこんなに出して……いやらしい女だっ」

「あなただって、もうこんなに硬くなさって……」

「おさねもこりこりに固くなっているぞ」

「あなたが固くしたんじゃありませんか……」

「シャワーを浴びる前にしようじゃないか。おまえのいやらしく匂うところを舐めまわしたいっ」

「あなたったら……。美保を辱《はずか》しめて、昂奮なさりたいのね……いいわよ、裸になりましょう」

一度、肌を交えているので、矢島美保は草薙の前に全裸を晒すことにためらいがなかった。

身体を起こすと、悪戯っぽく草薙のネクタイをほどき、ベッドから滑《すべ》り下りて、怱卒《そうそつ》にワンピースを脱ぎとりはじめる。

「あなたにおまえ呼ばわりされると、感じるわ……、ベッドのなかではおまえって、呼んで」

下着姿になった矢島美保が、ベッドを出て上衣やネクタイをはらいとる草薙に、目を細めて淫靡な笑みを向ける。

「いいとも。俺もきみをおまえ呼ばわりするほうが昂奮する……」

草薙は頷きかけながら、靴を脱ぎとり、身に着けたものをてきぱきと脱ぎとってゆく。最後にトランクスを下肢から抜きとった。隆々と勃起した赤黒い男根が仰角度に跳ね上がりを打つ。

ひと足先に全裸になっていた矢島美保は、掛け布をはらい落としたベッドの上に、ほどよく脂肪のついた絖白《ぬめしろ》い裸体を横たえ、素裸になった草薙の跳ねを打つほどいきり勃った男根の眺めに、羞じらい微笑いながらも双眸をうるませる。

草薙はベッドルームの明かりをナイトライトの淡い照明に切り換えて、ベッドに上がった。

裸体をくねらす矢島美保の右側に添い寝の姿勢をとって、

「腋《わき》の下を見せてくれ」

女の左の乳首の実を指弄しつつ、美保に命じる。

矢島美保が、両手を頭の上にもち上げ、すっきりときれいな両の腋窩《えきか》を、小さな灯りの下に晒した。

「……腋毛をきれいに剃《そ》っちまったのか」

「いけなかった？」

「この前は腋毛が伸びかけていたろう……少し生えかかっている状態が、俺は好きでね……」

「じゃあ、秋口になって長袖を着る季節になったら、生やしたままにしておくわ」

草薙は、美保の右の腋窩に吸いついて、舌を走らせた。

「……ああっ」

官能的な声が、眉間をゆがめた矢島美保の口から上がった。

「どうしたんだ、そんな大きな声を出して……？」

「……むだ毛を剃って、敏感になっているのかしら、キスされると、感じるのよ」

「俺も昂奮するよ……おまえの腋の匂いに……」

「なら、左もお願い……」

草薙は首を伸ばし、矢島美保の枕許にもち上げられた真っ白い左の腕を押さえこんで、魅惑の腋の窪みに唇を被《かぶ》せ、ほのかな腋臭を鼻腔で味わい、舌で舐め上げる。

「ああっ、おっぱい吸って」

身悶《みもだ》えを打ちながら、矢島美保は右手で草薙の白髪まじりのめっきり薄くなった頭髪をかきむしり、左の乳房の尖端の実を舌で弾かれ、吸いたてられると、背を深くのけぞらせた。

「ああ、……下もやって」

「下って、どこ？」

「……あそこ、あそこも、舐めてッ」

「あそこじゃ、わからん」

草薙は、矢島美保の豊麗な左の乳房の裾野を舐めまわし、上体を起こした。八の字に端《はし》なく投げ出された美保の双の脚の間に入り込み、ベッドシーツに跪《ひざまず》く。矢島美保のふくらはぎのきれいな、すんなりとした双の脚をM字びらきに押し上げ、唇を寄せていく。

ぷーんと発情の甘酸っぱい臭気が、暗い股の間の、楕円状に捲《めく》れひらいた秘部から立ち昇り、草薙の鼻腔を掠《かす》める。

きらきらとうるみが光る矢島美保の、小舟の底のような紫紅色の秘部のあわいを、下から上に舌で掃《は》き上げる。

「あうッ、ああんっ」

「ここだろう、おまえがやって欲しかったところは……」

「そこお！　そこそこっ！」

「ぷんぷん匂うぞ」

「あーん、言わないで」

「ぬるぬるもこんなに溢れさせて……」

「糸を曳《ひ》いている？」

「ああ、糸を曳いて、ケツの穴のほうにしたたっているよ」

草薙は、ベッドシーツから浮き上がった女のふくよかな臀部を両手で横にひらく。薄紫色の排泄の蕾《つぼみ》が、したたり落ちるうるみを浴びて、微かに収縮しながら、暗い穴をあけていた。

「……尻の穴がひらいているぞ。今夜はこっちの穴に入れようか、ん？」

「だめ。……お尻の穴を使うなんて、変態よっ」

「変態なんだよ、俺」

草薙は、微妙に収縮する美保の不浄のすぼまりに、舌の先を押しこんだ。

「ああーッ、いやあ」

悲鳴に近い金属質の悦の声を矢島美保は口から弾け飛ぶように放って、しきりに顔を左右に振った。

「お尻はもうやめて……あなたにお尻の匂いを嗅《か》がれるのって、恥ずかしいわ」

「どうして恥ずかしい？　朝、うんこしたからかい？」

「いやっ！　あなたっ……」

「朝ぐそしたにしては、いい香りがするよ……」

「お手洗いをすませたあと、ざっとシャワーを使ったからよ。……でも匂いが残っていると思うと、恥ずかしいわ。ねッ、上のほうをもっとしゃぶってッ」

腰をゆすりたてる矢島美保の要請に応えて、草薙はあらためて、彼女のとろとろに溶けくずれた女の部分にかぶりつく。びらびらした花弁を吸い立てる。

「あぁッ……いいっ」

とろみのある女液が草薙の口の中に流れこんでくる。

草薙は音を起《た》てて、女のうるおいを啜《すす》りたてていた。

「あぁっ、飲んでくれているのね……」

「おまえの本気汁はおいしいっ」

「……わたしも飲むわ、あなたの精子」

掠れ声で言い放った矢島美保が、虚《うろ》のようにぽっかりとひらいてひくひくと呼吸《いき》づく秘口から指を挿しこまれると、

「あぁッ、指よりあなたの大きいのが、欲しいッ」

のけぞり返って訴えた。

「指で虐《いじ》めてやる」

草薙は、美保の鋭敏に屹立した上べりの赤い肉の実を舌先で弾いてころがし、秘口からくぐりこませた右手の中指で、矢島美保の内奥の襞の壁をぐりぐりと捏ねくりたてた。

「いやあ、あなたっ……洩れちゃう!」

ぐちゃぐちゃと泥濘《ぬかるみ》を踏みつけるような音が起《た》ち、矢島美保は烈しく身悶え、困惑の叫びを上げた。

「……潮を吹きたかったら、吹いたらいい」

草薙はベッドの上に坐り直し、のけぞり返った女体の下腹部を左の掌で押さえこんで、くぐりこませた右手の指をはげしく抜き挿しさせた。

「ああーんっ、だめえ」

泣くような叫びを上げた美保の腰に痙攣のふるえが走り、びゅっ、びゅっと白濁したうるみが、女の股の間の中心部から、間歇的に飛び散った。

「おおっ、すごいな、おまえ」

矢島美保の女液を股間に浴びて、昂奮状態になった草薙が、正常位でおおいかぶさろうとすると、

「わたしも舐めるわッ」

上半身をもたげた矢島美保に、草薙は仰向けに寝かされていた。

「……この年で、恥ずかしくなるわ」

少量だが潮を吹いた自身の端《はし》たなさを恥じるのか、矢島美保は、きまり悪そうな笑みを浮かべながらも、牝になる悦びに、湿ったままのベッドの上に跪《ひざまず》くや、草薙のそそり勃っ

た肉柱の亀頭部のふくらみを咥えこんで、舌をまわした。

「……うむう、いい……きんたまは舐めてはくれんのか？」

「どこだって、舐めるわよ」

昂奮に声を上ずらせた矢島美保が、草薙の肉柱を頬ばって吸いたてたあと、男のゆらぐふぐりにちろちろと舌を遊ばせて、そそり勃ったものを右の手指でしごきつづけ、赤らんだ顔を上げた。

「……もう入れちゃっていい？」

「我慢できんか？」

面映《おもは》ゆそうな顔つきで頷きかけた矢島美保は、草薙に、

「上になって、自分で入れたらいいだろう、そんなに辛抱できんのなら……」

揶揄《やゆ》するように言われると、

「意地悪なんだから……」

男の顔をうるんだ目で妖しく睨《にら》みながらも、好物の飴玉《あめだま》にありついたときの童女のように嬉々とした表情で、男の腰の上に跨《またが》り乗った。

草薙の棍棒のような肉柱をつかんで、浮かせた股の間のうるみがきらめく部分に急《せ》くようにおさめる。

「……ああっ、硬いわ」

腰を沈めきった矢島美保は、男の腹の上に両手をおいて、白い胸を反らせた。

ぴくぴくと締めつけてくる女の肉襞の坩堝《るつぼ》の快美感に、草薙は脳天を痺れさせながら、下方から美保の重量感のある白い尻に両手をまわした。

ぐいと、下から突き上げる。

「ああんっ、それ、いいわ……もっと」

「なにをもっとだ、ん」

「……おちんこ、ああッ、もっと」

「こうか、こうするのか?」

草薙は、前のめりに両手を男の胸においた矢島美保の臀部をわしづかみにし、ぐいぐいと突き上げてやる。

「ああっ、だめっ、いっちゃう」

形のいい頤《おとがい》をもち上げて、矢島美保が草薙の上で白眼を剝いた。

途端に、美保の肉襞がさざ波でも起《た》てるような反応を起こして草薙の硬直を締めつけてきた。

「ううっ、いく……ああ、俺、いく……」

草薙が掠れた声で訴えると、腰を浮かせて、男の上から飛び降りた矢島美保は、草薙音弥の腰の左側に踞《うずくま》り、放射寸前の彼の男根を咥えこんだ。

頬ばられ、吸い立てられた直後、草薙は野獣のような唸り声を上げて、矢島美保の口中に大量の精を射ち放っていた。

2

その日、会社の部長室で草薙が執務机の前に腰をおろして、パソコンを操作してインターネットの株式市況に目をやっていると、部屋のドアが軽くノックされ、派遣の女性社員の一人が、茶を出しに入ってきた。

腕の時計をのぞくと、ちょうど午後の三時である。

いつも三時の休憩時間には正社員の佐伯美佳《さえきみか》が草薙に茶を出してくれるが、外出でもしているのか……。

「佐伯くんはどうしたのかね?」

パソコンの画面はそのままに、草薙は、目の前に立って、うっすらと湯気が立ち昇る茶碗を卓上にすすめる人なつっこい目をした契約社員に訊《き》いた。

「佐伯さんは今日はお休みです」

「そお。それで、きみが……ぼくの湯呑み茶碗だが、よくわかったね？」

「時任課長に訊きましたから」

茶碗を手許に引き寄せて頬をゆるめる草薙を、じっと見つめて、契約社員の彼女はぷっくらとした肉厚の口唇から、清潔そうな皓《しろ》い歯をこぼして、うっすらと微笑んでみせた。きわ立った美人ではないが、目鼻立ちは整っており、愛嬌のある大きな瞳が印象的な女性で、色の白い肌に透き通るような透明感があるのも、草薙の好みであった。年齢は二十代の後半のようだが、胸許に落ちたナチュラルロングの黒い髪もしっとりとして艶《つや》がある。

これまで話を交わしたことはないが、梶村《かじむら》という姓だけは、草薙も知っていた。オフィスで、彼女を「おーい、梶村くん」と呼んでいたものがいたからだ。

「……きみはたしか梶村くん、だったよねえ」

「……はい。梶村かおりです。かおりは平仮名で書きますけど。……梶村は夫のほうの姓なんです」

なだらかな白い頬をほんのりと赤らめて、派遣社員の梶村かおりはきまり悪そうに羞じらい微笑いながら、艶やかな瞳で、草薙の顔を見つめ返す。

「意外だな……結婚しているようには見えんが」

「共稼ぎなんですよ、わたし」

梶村かおりがバツが悪そうに微笑い、人なつっこい目を悪戯っぽく輝かせる。

「年齢を訊くのは、失礼かな……」

派遣の女性社員がかぶりを振る。

「いくつなの？」

「いくつに見えますか？」

「二十八ぐらいだろう、まだ……」

「ありがとうございます、若く見ていただいて……」

「いくつか、教えなさいよ」

「時任課長に訊いて下さい」

悪戯っぽく含羞《はにか》んで言った梶村かおりが、草薙に向かって小さく頭を下げると、部長室を引き取ってゆく。

草薙もあまりしつこく迫ると、セクハラになりかねないので、伸びやかなスリムな肢体をグレイのサマースーツに包んだ人妻の、丸々と張ったヒップを湯呑み茶碗を掌に目で送り、茶を啜った。

あらためて、パソコンの株式市況に目をやっていると、

「失礼します」

と言って、課長の時任熊男が部長室に入ってきた。

後ろ手にドアを閉めるのを見て、プライベートな話だろうと草薙は察しをつけ、パソコンの画面を消した。

「向こうのソファに行こうか」

席を立って、部下に来客用の応接ソファをすすめる。

頷《うなず》きかけた時任が、二人掛けのソファにどっしりと重い尻を沈め、あとから向かい合って尻を沈める上司の顔を意味ありげな視線で見つめ、

「梶村くんですが、どうですか？」

声をひそめて、草薙の表情を目で探る。

「どうですかって、なにが？」

「感じのいい女性でしょう？」

上司の顔を窺《うかが》う部下に顎を引いて、草薙はソファの背凭《せもた》れに左の腕を掛けながら言った。

「結婚しているんだってな、彼女……独身かと思っていたが……」

「コンピューター会社のエンジニアをしている男性と結婚して、五年になるそうです」

「いくつなんだ、彼女？」

「三十一です。……部長は出席なさいませんでしたが、先週、うちの部署で飲み会がありましてね……正規の社員と契約で来ているものたちの交流会のような夜でしたが、たまたま梶村くんと隣り合わせになりまして、旦那との夫婦生活についても聞き出した次第で……」

「あの梶村くんが、プライベートな私生活を、課長のきみによく喋ったものだ……」

「いまどきの二十代、三十代の女性はけっこう平気なんですよ。酒もはいっていましたし……」

「きみがわざわざ報告にくるところを見ると、彼女、旦那とうまくいってないのか？」

「セックスレスだそうですよ。といっても夫婦ですから、たまには愛し合うのでしょうが、彼女、〝夫としてもあまり燃えないの〟と言っているんですよ」

「……それで」

「梶村くんの好みは部長のような、五十代の男性だそうです」

「ほんとかね？　俺をかついでいるんじゃあるまいな？」

草薙は背凭れにあずけていた左の腕を降ろし、部下に上体を寄せた。

センターテーブルを挟んで、時任熊男は苦笑しつつ、手を横に振った。

「若い男性には興味がないそうですよ。わたしが嘘を言っているとお思いでしたら、今夜あたり彼女を食事にでも誘ったら、いかがですか」

「……誘ってもいいのかね？」

「どうぞ。梶村くんはよろこびますよ。……呼んでまいりましょう」

時任は言うなり腰を上げて、草薙の部長室を出て行った。

入れちがいに、契約社員の梶村かおりが、俯《うつむ》き加減に部長室に足を踏み入れてきた。ドアを閉めながら、

「お呼びでしょうか？」

控えめに涼しげな声を、ソファに腰をおろしている草薙に投げる。

「うん。ここにきなさい」

梶村かおりはセンターテーブルを挟んで、草薙と向き合って坐ると、目を伏せて、リスのように小さくなった。

「……畏《かしこま》らずに楽にしなさい」

草薙は相好《そうごう》を崩して、言葉を継いだ。

「……今夜、食事に誘いたいが、どうかね？　いや、嫌だったら、断わってくれてかまわ

んよ……」

「わたし、嫌じゃありませんっ」

顔を上げて、梶村かおりはきっぱりと言った。

「きみはなにが好きなのかな？……洋食か和食のどっち？」

「……和食が好きですけど」

「鮨なんかどう？」

「大好きです」

真摯な視線を草薙に向けて、爽《さわ》やかに言う。

少し考えて、草薙は、先だって矢島美保と待ち合わせた紀尾井町にある規模の大きなホテルのなかの鮨屋にきめた。

「オリエントホテルは、きみ知ってる？」

「赤坂にあるホテルですよね……」

「正確には紀尾井町だが、知っているなら、ホテル内の鮨屋にしよう。とりあえずロビーで待ち合わせるというのはどうかな……？」

ホテルと聞いても、梶村かおりはたじろいだりはしなかった。含羞みの表情をつくりながらも、白い頤《おとがい》を引いた。

「かまいませんけど、その場所で……」

「何時にしよう?」

「部長に合わせます」

「六時半はどう?」

「いいです、その時間で」

もう一度、ほそい頤を引いて梶村かおりは、ソファから腰を上げた。

草薙に頭を下げて、髪をはらい上げ、部長室を引き取ってゆく。

草薙はよほど、

(……部屋をとっておくが、いいね?)

立ち去ってゆく梶村かおりに言っておきたかったが、それを言うのも大人げないと思い、かおりのタイトミニのスカートのお尻のまろみに無言で視線を送った。

3

退社後、草薙はタクシーで赤坂に出て、約束の六時半少し前に、紀尾井町のオリエントホテルの正面エントランスをくぐった。

オフィスを出るとき、梶村かおりの姿は見かけなかったので、少し早目に退社したのであろう。

待ち合わせているロビーに足を向ける前に、フロントのカウンターに立ち寄って、投宿の手つづきをすませる。

館内の鮨屋に予約の電話を入れたとき、ダブルの部屋もフロントに頼んでおいたので、投宿の手つづきは短時間ですみ、鍵を受けとって、案内は断わり、草薙はロビーに向かった。

人影の濃いロビーの、肘掛椅子の一つにグレーのスーツの梶村かおりの容姿が見てとれた。薄化粧の横顔が美しい。

「やあ。……フロントに寄っていたので、少し遅くなった」

丸テーブルを挟んで向き合って腰をおろす草薙の顔を、目を上げた梶村かおりは目許を赤らめて、気恥ずかしそうに見つめた。

「なぜ、先にフロントに立ち寄ったか、その理由《わけ》がわかるようだね……」

「わかりますよ、子供じゃありませんから……」

「いいのか、一緒に部屋に上がっても?」

「……部長にしたがいますけど、その前にお鮨が食べたい」

「お腹《なか》、空《す》いているの？」

「ええ。ぺこぺこです」

含羞み微笑って、草薙と顔を合わせながら梶村かおりは率直に言う。

「それじゃあ、鮨を食べてから、部屋に上がろう。いいね？」

「念を押さなくても……」

笑いを怺《こら》えるような顔つきで、悪戯っぽく草薙を見つめ返して、梶村かおりが、肉厚の唇許《くちもと》に笑みを揺らす。

「お部屋に上がるのを、わたしが断わったら、どうされたんですか？」

「……どうしたかなあ。食事だけしてきみを帰したあと、部屋をキャンセルするのももったいないから、独りで部屋に上がって、オナニーをしただろうな……かおりの裸を想像してさ……」

「いやだっ、部長ったら」

梶村かおりが色白の頬を染めて羞じらい微笑いながら、瞳をうるませて、草薙をねっとりと見つめる。

それを潮に草薙は肘掛椅子から立ち上がった。かおりもトートバッグをとり上げて、腰を上げる。

「……こういう大きなホテルに、ぼくと一緒にいるところを旦那に見られでもしたら、やばいんじゃないかね？」

ロビーを出て、長い廊下の先の有名な鮨屋に向かいながら、肩を並べて歩を進める梶村かおりに、草薙は顔をまわした。

契約社員の梶村かおりは、したたかな微笑いを唇辺《くちべ》にそよがせながら、

「……夫の勤め先は川崎《かわさき》ですから、赤坂方面にはあらわれませんよ。それに、万が一見られても、仕事の延長だって言いますから」

草薙の腕に、甘えるようにほっそりとした腕をからめてきた。

職場で顔を合わせるときとはちがって、オンナの匂いをそこはかとなく漂わせ、なまめかしい。

腕を組んで廊下を進みながら、草薙は股間の男根がズボンが窮屈なほどむくむくと勃ち上がってくるのを自覚していた。

銀座に本店のある老舗の鮨屋の暖簾《のれん》をかおりとくぐり、座敷になった掘りごたつ式のつけ台の前に案内された。

並んで坐り、ビールをもらって、かおりと乾杯する。

「……仕事のあとのビールって、おいしい」

梶村かおりが嬉々とした顔をつくる。

おまかせでにぎってもらいながら、周囲に客が居ないので、草薙は、かおりの髪に隠れた耳に口を寄せた。

「……セックスのあとのビールも、おいしいぞ」

「ふふっふ、部長はすぐ話をそっちにもっていくんですね」

かおりが笑って、目の端でとなりの草薙を甘く窺う。

「いかんか？」

梶村かおりはかぶりを振って、目の前のつけ台に出された中トロのにぎりを口に運んで、焼酎に切り換えた草薙に向かって、

「すっごくおいしいです」

目を細めてみせる。

「好きなタネがあったら、注文したらいい。それと、二人でいるときは部長はやめなさいよ」

コハダ、アジ……と頰ばって、草薙は煙草に火を点《つ》けて、言った。

「……草薙さん、でいいのかしら」

「ああ、草薙でいい。……課長の時任から聞いたんだが、ご主人とはセックスレスなんだ

って」

声をひそめる草薙に赤らめた顔をまわしたかおりが、

「それに近いんです。今夜は夫を忘れさせてくれますか？」

ひっそりと訊く。

草薙は頷きかけて、かおりの腿をストッキング越しにそっと撫でた。

「かおりはMかい？　それともSのほうかな……？」

「……言えませんよ。二人だけになったら、教えます」

「それじゃあ、好きなものを早く注文しなさい。かおりを欲しくて待ち切れなくなっているからさ……」

草薙の囁《ささや》きに、梶村かおりは気恥ずかしそうに微笑いながら、ウニやアワビをオーダーする。最後にネギトロを巻いてもらったかおりが、

「もうお腹《なか》いっぱいです、わたし」

きまり悪そうに、だが楽しそうに言う。

草薙は、穴子、かんぴょう巻きと頬ばって、お茶をもらった。

かおりと一緒に腰を上げ、レジで勘定をする。二人で五万弱の支払いはもったいないといえばもったいないが、高額の食事は、気に入った女性とベッドで快楽のかぎりを尽くす

ための、その前戯だと考えれば、そんなにもったいなくもない。

利用階に上がるエレベーターに乗りこむと、梶村かおりは妖しくうるんだ視線を草薙に向けて、

「あのお鮨屋さん、また行きたいです」

しおらしく言った。

エレベーターのなかは二人だけだったので、

「かおりがこれからも俺と大人のつきあいをしてくれるのなら、いくらでも連れて行ってあげる……」

草薙は真顔で言うと、かおりの括《くび》れたウエストラインに両手をまわした。

梶村かおりは小さく頷きかけ、草薙を見つめる瞳に粘り気《け》のある光を淫靡に灯《とも》しながら、すすんで唇をあずけ、唇が合わさると、舌さえ繰《く》り出してきた。

4

キープしておいた客室に梶村かおりと落ち着くと、草薙は靴を脱ぎ、部屋履きにはき替えて、怱卒《そうそつ》にネクタイや上衣をとりはらった。

　エレベーターのなかで交わした、濃密な舌のからめ合いだけで、草薙の男根は自分でも恥ずかしくなるほど、隆々とズボンを突き上げていた。

「かおりが舌を入れてくるから、すっかり昂奮してしまったよ。大急ぎで汗を流してくるから、待っていてくれ」

「先にシャワー、使ってきて下さい」

「かおりにはシャワーは使って欲しくないな……」

「駄目ですよ、汗くさいもん……、シャワーをすまさないと恥ずかしいわ」

　目を伏せて羞じらいながら、草薙の脱いだものをクローゼットに片づけるかおりの奥ゆかしさにも好感がもて、草薙はトランクス一つになると、下着の前にテントをつくって、バスルームのドアを押した。

　身体《からだ》の汗を流して、バスタオルを裸の腰に巻きつけてベッドルームに戻ると、明かりをベッドの枕許のナイトライトに切り換えた梶村かおりはキャミソールとショーツになって、肘掛椅子に坐り、草薙を待っていた。

　ふっくらと盛り上がったキャミソールの胸許が、草薙の劣情をそそる。

　草薙は、肘掛椅子に坐った梶村かおりの傍にまわり、腰のバスタオルをはらいとった。

「……見てごらん。かおりが素敵だから……かおりと早くやりたいから……もうこんなに大きいよ……」

背を屈《かが》めて、まだ若い人妻の口唇を塞《ふさ》ぎ、やわらかな舌を吸い、おのが長大に勃起した男根を、かおりの手指につかませた。目を閉じ、眉間をひそめて、舌を吸わせていたかおりが、

「うふっ、おっきい……、時任課長より大きいわ」

草薙の仰角に跳ね上がった猛々《たけだけ》しい男根を控えめに揉みたてて、なまめかしく呟きかけた。

草薙は一瞬、言葉を失いながらも、

「時任とも寝たのかっ」

語気を強めて、梶村かおりのきれいな顔をのぞきこんだ。

「……ごめんなさい。課長からはオフレコにしておけと言われていたんですけど、隠しておけなくて……隠すのはかえって、草薙さんに悪いと思ったものですから……」

端麗な顔を赤らめて言いながら、気色ばむ草薙の表情を、かおりは申し訳なさそうに上目遣いに盗み見て訊いた。

「わたしを嫌いになりました？」

「……いや、そんなことはないが」

草薙はあわてて、かぶりを振った。

考えてみれば、セックスレスに近い梶村かおりが、時任のような男盛りの男性と関係をもっても不思議ではあるまい。

だが、なぜ時任は自分と寝た女を、上司にとりもったりするのか……？

「……時任はセックスのパワーもあるし、満足させられただろう？　なのに、どうしてわたしのような初老の男と寝る気になった？」

「わたし、草薙部長のような白髪まじりの男の人に弱いんです。……いまの夫と結婚する前に、草薙さんよりもっと年が上の人とつきあっていて……その人にいやらしいことも仕込まれて、若い人じゃあ、感じなくなってしまって……」

梶村かおりが、萎《な》えた草薙の男根を指で揉みたてながら、目を伏せて、言いにくそうに打ち明ける。

「ですから、飲み会のあと時任課長にラブホに誘われたとき、はっきり言ったんです、燃えなくてもいいですかって。課長、少し考えていましたけど、わたしを強引にラブホに連れこんで、わたしの身体で二回も射精して……」

「……時任におッ勃《た》ったちんぽをぶちこまれて、かおりも燃えたんじゃないのか？」

梶村かおりはかぶりを振って、濡れた瞳で、草薙を見上げた。

「……時任課長ってはげしいけど、いきなり入れてくるんですもん。わたし、マゾのほうだから、お口を使い合ったりして、いやらしいことをいろいろしてからじゃないと、感じないんです……」

「ほう……かおりはマゾか。舐められるの、好きか？」

「……舐められるのも、舐めるのも、好きです」

「じゃあ、舐めてくれんか」

かおりの指弄に男根を雄渾に甦らせて、草薙は昂奮に声を掠れさせていた。

色白の頬を美しく紅潮させたかおりは、草薙の言葉に曖昧に頷きかけると、肘掛椅子から床に滑り出て、勃起した五十男の男根の亀頭部のふくらみに口唇を被せ、舌を大きくまわした。

「……舐めるだけじゃなくて、吸ってくれ」

目を閉じた顔に昂奮しきった表情をつくった梶村かおりが、亀頭部を咥えこんで、頬をすぼめつつ、吸いたてる。

「おおっ、いい……とろけそうだよ。時任のものも、おまえ、吸ったのか？」

梶村かおりは羞じらいながら、口唇から草薙の亀頭のふくらみを吐き出し、かぶりを振った。

「……時任課長って、女がお口を使ったりするのを、好まないみたい」

「旦那はどうなんだ？」

「夫は、わたしと同じマゾなんです。……わたしにお口を使わせるのは好きですけど、わたしの身体を丁寧には扱ってくれなくて……だからうまくいかないんです」

きまり悪そうに言いながらも、梶村かおりが、草薙の節くれ立っていきり勃った男根の鰓《えら》のまわりにぬめらかな舌をちろちろとそよがせる。

「……それじゃあ、今夜はかおりのあそこはもちろん、お尻の穴まで舐めまわしてやろう……」

「そんなことされたら、わたし、とろけちゃいます……」

口唇をしりぞけて、梶村かおりは気恥ずかしそうに瞳をうるませて立ち上がり、

「シャワー、使ってきてもいいですか？」

甘えるように訊く。

草薙は駄目だとも言えず、

「浴びてきなさい。ただし、あんまり丁寧に洗うんじゃないぞ、おまんこやお尻の穴をさ……」

かおりをバスルームに送り出しながら、真顔で言った。

「いやぁん、草薙部長ったら」

羞恥の笑い声を可愛らしく弾かせて、梶村かおりがバスルームに消えてしまうと、草薙はキングサイズのベッドの上から掛け布をはぐりどけて、床に落とした。

素裸でベッドの上に仰臥《ぎょうが》し、煙草のけむりをくゆらせていると、かおりが抜けるように白い素肌の前にひろげたバスタオルをあてて、あらわれた。

ベッドの左サイドにまわってくるとき、釣り鐘形の乳房のふくらみや、深く括れこんだ優美なウエストライン、そして黒々と繁った性毛のそよぎが垣間見えた。

草薙は、喫っていた煙草をナイトテーブルの灰皿に揉み消すと、バスタオルをとりはらって、控えめにベッドにはいってくる梶村かおりの白々とした全裸の肢体に、身体をまわした。

「……時任課長に俺とつきあえるように頼んだのか？」

かおりのどこもかしこもすべすべしたなめらかな裸体を、草薙は横抱きにした。

「……ええ。課長はちょっと渋い顔をしましたけど、わたしを二度も犯した弱みもあったからかしら……わたしにセクハラで訴えられるのも怕《こわ》かったみたいで、すんなりと引き受けてくれたんです」

「職場の上司にブラフをかけるとは、悪い奥さんだ……悪い子は虐《いじ》めてやらんとな……」

ぷっくりと尖《とが》ったかおりの乳首の実の一つを舌で弾いて、草薙は起こした上体を逆向きにまわし、喘ぐ梶村かおりの白い股を両手で大きくひらかせた。

「あッ、いやっ」

漆黒の繊毛の繁みをかき上げ、割れ口のびらびらした花弁を左右にひらいて、葡萄《ぶどう》色にぬめぬめと光る秘部のあわいを剝き出しにする。草薙の愛戯を待ちかねて、突出した鋭敏な肉芽や、ひくひくと収縮する下べりの秘口の眺めがなまなましい。

「……丸見えだぞ。亭主だけに見せるおまんこを、他の男に見せてもいいのか、ん?」

「恥ずかしいこと言わないで下さい……いやだっ、そんなにひろげたりしちゃあ……」

梶村かおりが身をくねらせ、喘ぎながら、甘く訴える。

「……べっとりと濡れてきたじゃないか。さねもこんなに大きくして……」

草薙は指腹を使って、かおりの濡れそぼちはじめた秘部のあわいの、上端の突起をなぶるように弄《いら》いころがす。

「あッ、いやっ……お口でして欲しいッ」

かおりの横に円《まる》く肉を付けた白磁色の腰がぴくぴくと弾みをたてて、もどかしげに波を立てる。

「……舐めて欲しいのか、ん?」

「な、舐めて下さいッ」

「どこを？」

「……かおりのぐちょぐちょの、とこ」

「ぐちょぐちょのどこ？　ちゃんと言わんと、舐めまわしてはやらんぞ」

「あぁッ……おまんこです、かおりの……」

淫猥な顔をつくった梶村かおりは、草薙の唇《くち》が深く被さり、舌がぴちゃぴちゃと水音を起《た》てながら踊ると、

「ああーッ、気持ちいいッ……だめになりそう……」

おびただしく腰をふるわせ、のたうちまわらんばかりに身をよじり、なまあたたかいうるみをホラ貝の口のようにひらいた下べりの秘口から滾々《こんこん》と溢れ流した。

草薙は、かおりのぽっかりと螺旋《らせん》状にひらいた桃色の秘口から舌の先を剣のように尖らせて、挿《さ》し込む。

「あッ、ああんっ」

のけぞり返ったかおりが洟《はな》をすすり上げるような、やるせない泣き声をあげた。

草薙は首をのばし、ベッドシーツから浮き上がった尻の、双つの小山を両手で割りひらき、つつましげにすぼまった梶村かおりの排泄の蕾《つぼみ》に、舌の先をそよがせ、やわらかなす

ぼまりに押し当てた舌をまわした。

「ああーんっ、うんちの穴も気持ちいいーっ！」

梶村かおりは端ない悦の声を上げ、海辺の磯に漂っているような臭気を股の間から噴き上げる。

草薙は鼻腔をよぎるかおりの発情の匂いにも逆上し、あらためて、相手の水浸しの女の部分に舌を踊らせた。

びちゃびちゃとうるみが、弾ける。

ずずっと音を起《た》てて、啜り飲む。

「……かおり、もうだめです、いっちゃう」

かおりの総身に引き攣《つ》るような伸縮の打ちふるえが走り、双の脚を突っ張らせて、腰が小刻みに痙攣した。

どろどろになったかおりの秘部の、上べりのぷっくりと充血して勃ち上がった肉芽を、草薙は最後に吸引した。

「いやあ、吸わないで下さいッ……また、いっちゃう！」

ころげまわらんばかりになって、梶村かおりが、狂ったように腰を波打たせた。

草薙は顔を上げ、上体を起こして、体勢を正常に整えると、身をくねらせて両手を差し出すかおりの上におおいかぶさった。かおりの股の間に腰を割り込ませる。

「……舐められて、イッたようだな」

「イッちゃった……草薙さん、いやらしくお口を使うんだもん、二回もイッちゃった。……時任課長としたときは、わたしいかなかったの。夫とだって、めったに気持ちよくならないもの……」

「俺も昂奮したよ、かおりがあんなに乱れるとは思わなかったからさ……、おまえのあそこのお露《つゆ》もおいしかったし……」

夫のいる梶村かおりを征服した達成感と優越感が、草薙を若いときのようなオスに変えた。

梶村かおりの両手を押し上げて、頭の上で組ませ、腋毛の剃り跡が青白い左の腋窩を舐め上げつつ、腰を送り込んで、かおりを貫いた。

「あああーッ、おっきくて、すごいっ……気持ちいいッ」

かおりの顔が反り返って、悦楽にゆがむ。

「……はいっているのが、わかるか?」

「わかる……草薙さんのおちんちんが、ずっぽりと、はいっちゃってる……あなたのおちんちん、好きになっていい?」

反り返った女の背に両腕をまわす草薙の背にかおりがとりすがってきた。

草薙音弥は中折れなど忘れ、ぐいぐいと腰を振り、梶村かおりの四方から締めつけてくる肉襞のうねりに快感の呻きを存分に上げていた——。

合コンの妖花

1

その日、午後になって、部長室の執務席で書類を繰っていた草薙の、上衣の内側の携帯の着信音が鳴った。

仕事の手を休め、とり出した携帯をひらくと、沢木和貴《さわきわき》からだった。

沢木和貴は、草薙が勤務する〈三矢セメント〉と同じ三矢建設グループの〈三矢建材〉の広報室のOLで、今年三十二になる。独身で、射るような輝きを放つ黒目がちの大きな瞳と賢そうに整った愛らしい目鼻立ちが魅力的な娘《こ》で、知り合ったのは、部下の時任が計《はか》った合コンの席上であった。

課長の時任が企画したその合コンは、三矢建材の女性社員数名と三矢セメントの人事部の男性社員の何名かが親睦《しんぼく》を深めるための食事会であったが、

「向こうの女性社員は六名出席するんですが、うちからは出席者がわたしも含めて五名な

んですよ。ご多忙とは思いますが、部長も加わってはもらえませんか」

時任に言われて、

「俺は数あわせかね……」

苦笑しつつ、草薙はその夜、さしたる予定もなかったので、六本木の中華料理店の個室を借り切って執《と》り行なわれた時任主催の合コンに参加した。

草薙が狩り出された三矢建材の女性社員たちとのその合コンは賑やかな会にはなったが、参加者の男女が時任や草薙を除いて、みな二十代、三十代なので、

（……五十すぎの俺は浮いてしまっているな。来るんじゃなかったかな）

考えあぐねながら、草薙は端のほうの席で独りちびちびと老酒を啜《すす》っていた。

だが、よくしたもので、少し離れた席で生ビールのグラスを傾けていた若草色のスーツの、口数の少ない女性の一人が、ちらちらと草薙音弥に艶《つや》やかな視線を送ってきているのに、草薙は気がついた。

草薙がその視線のほうに顔をまわすと、ぎくりとするほどの真摯《しんし》な眼差《まなざ》しで見つめ返された。

名前はわからぬが、レイヤーの髪に囲われた卵形の顔立ちは利発そうに整っていて、表情に男好きする愛くるしさがある。年齢は三十前後だろうが、唇許《くちもと》に初々《ういうい》しい蠱惑《こわく》の色香

が見え隠れする。

席を隣り合わせていた時任に話しかけられると、微笑《わら》って相槌を打っていたが、じきに草薙のほうに視線を戻す。

草薙は席を立つと、時任の背後にまわって、部下の肩に手をおいた。

「……ちょっときてくれ」

振り返って頷きかけた時任熊男が腰を上げ、上司の背につづく。

草薙は廊下に出ると、時任を待って、

「……きみの右隣りの席の娘《こ》、彼女、俺のほうを見ているんだが、あの女性の視線が気になってね……」

上司と向き合って立ち止まった部下に、声を投げた。

「部長を気に入ったんじゃないんですかね……」

「おいおい、俺はもう五十の半ばに近い男だぞ」

「年齢は関係ないでしょう。いつかも言いましたが、いまどきの若い女性は部長のような年配の男性と恋愛するのは、平気ですから。同世代の男性相手では、部長が利用なさっているホテルやレストランは逆立ちしても行けませんからね……。若い女性の全部がぜんぶ、そうした考え方をしているとは言いませんが、年長者の紳士とよろこんでつきあう若い女性が増えているのは、事実ですよ」

「……五十をすぎたものにはありがたいがな、そういう風潮は……」

草薙は照れ隠しに首筋を掻《か》いてみせてから、

「あの彼女、名前は……」

「沢木和貴といいます。和貴は平和の和に貴婦人の貴と書きますが」

「三矢建材のどの部署に籍をおいているのかね？」

「広報室です」

「いくつなの？」

「さあ、正確な年齢までは……、本人をここに呼び出しましょう」

時任はにやりとしてみせ、踵《きびす》を返すと、上司の草薙を廊下に待たせて、合コン会場に戻ったが、

「初めまして。沢木といいます」

両手を腰の後ろで組んで廊下の端に佇《た》っている草薙に涼しげな声で呼びかけ、振り向くと、沢木和貴が小粒の皓《しろ》い歯を見せて、小首を傾げながら悪戯《いたずら》っぽく微笑いかけていた。

「やあ……草薙といいます」

「存じています」

沢木和貴の大きな瞳が、人なつっこい微笑いをゆらす。

「ぼくを知っている？」

「ええ……以前、そちらの人事部に顔を出した折、草薙部長を見かけました。もっとも後ろ姿でしたけど……。あ、でもお背中に男性の枯れた色気があるっていうか……佐伯に聞いたら、うちの草薙部長だって教えてくれました……」

「佐伯って、佐伯美佳のこと？」

「はい。わたし、彼女と仲がいいんです」

「それは知らなかった……、それはともかくこういう合コンの席じゃなくて、一度、二人だけで食事をしたいが……」

「草薙さんにデートに誘われたって解釈していいのかしら？」

「いいとも。きみもわたしの誘いを待っていたんじゃないのかね？」

視線を宙に遊ばせて、なだらかな頰を赤らめながらくすぐったそうに微笑いかけた沢木和貴が、

「ご名答です。……わたしから声をかけたかったのですけど、それはさすがに恥ずかしくて……」

レイヤーの髪をかきあげ、含羞《はにか》みの表情で、ねっとりと草薙を見つめる。

「いつデートしよう？」

「明日はどうですか」

「ぼくのほうはかまわんが……このあと、予定がある？」

「ちょっと。なぜですか？」

「いや、予定がないのなら、この先のジャパンホテルのバーで、口直しにさっぱりしたものを一緒に飲みたいと思ってね……、ジャパンホテルの三階に雰囲気のいいバーがある……」

「詳しいんですね、草薙さん」

悪戯っぽく微笑った沢木和貴が、草薙の表情を盗み見るような瞳になって、

「おつきあいしたいのですけど、今夜はちょっと……明日じゃいけません？」

「いいよ、明日でも……。それじゃあ、明日はあれだ、ジャパンホテルのバーで待ち合わせて、食事をしたあと、部屋に上がって、二人で夜をすごそう」

「わぁ、すごいっ！　いきなりなんですねぇ……」

気恥ずかしそうに目を伏せて、くすくすと可笑《おか》しそうに笑いながら、

「……でも泊まるなら、恵比寿のウエストホテルがいいわ。あのホテル、一度、行ってみたくて。だめですか」

沢木和貴は上目遣いにきまり悪そうな顔つきで、草薙を見つめて蠱惑の笑みを愛らしく唇許《くちもと》にひろげる。

「だめなものかっ……それじゃあ、ウエストホテルにしよう。ホテルの一階の奥に喫茶ラウンジがあるから、そこで待ち合わせよう。何時にする？」

「……五時すぎには出られると思いますけど、急の仕事が入ったりすると……明日の午後、わたしから電話します。草薙さんの携帯の番号を教えておいてくれます？」

「いいとも」

草薙が上衣の内側から携帯電話をとり出すと、

「わたし、自分の携帯をとってきます。登録しておきたいから」

沢木和貴はレイヤーの髪をひるがえして、いったん会場に戻ると、バッグを手に再び廊下に出てきた。

「合コンはどんな雰囲気かね？」

「けっこう盛り上がっています」

バッグから携帯を出して微笑いかける沢木和貴に携帯のナンバーを伝え、草薙は、相手が登録しおえるのを待って、

「きみのナンバーも聞いておこう」

和貴が言う彼女の番号を、自分の携帯に登録した。

それが昨日のことだが、草薙はあまり期待せずに、沢木和貴からの連絡を待っていた。

和貴からの連絡がなければ、派遣できている梶村かおりを誘うつもりでいた。

人妻の梶村かおりとは、二週に一度の密会を約束し合ったが、部長室に呼びつけて、

「今夜、どう？　食事つきのエッチは？　急にかおりを欲しくなったものだから……」

そう囁《ささや》けば、かおりは嬉々とした表情をつくって、よろこんで草薙との情事に応じてくれるにちがいなかった。

そう考えめぐらしながら、デスクワークを執《と》っているとき、沢木和貴から携帯に連絡がはいった。

小柄ながらも伸びやかな身体つきの沢木和貴の、都会的なプロポーションと微笑いかけると、あでやかな愛らしさが利発そうな顔にひろがる蠱惑の表情を、瞼《まぶた》の裏に甦らせて、草薙は携帯の受信釦《ボタン》を押して、耳にあてた。

「ああ、わたしだ、草薙……」

「昨日は失礼しました」

沢木和貴の軽い含羞みを含んだまろみのある声が、草薙の鼓膜をくすぐるように携帯のなかからひびいてきた。

「いや、こちらこそ……、今夜はどうするんだ？」

「いいですよ。五時すぎには会社を出られますから、六時にウエストの喫茶ラウンジでどうですか？」

くすぐったそうな含み微笑いの声音が、草薙の官能中枢を刺戟する。

「了解だ。それじゃあ、六時にしよう」

言ってから草薙は唇辺《くちべ》をほころばせた。

「……食事をしたあとのきみとのエッチに、期待しているよ」

「ふっふふ」

電話のさきで照れたように微笑った沢木和貴が、

「草薙さん、大丈夫なんですか？」

悪戯っぽい声音で訊く。

「大丈夫って、なにが？」

「あっちのほう……」

「セックスの機能のことかね？」

「そっちは大丈夫ですか……」

言いにくそうに沢木和貴が電話の向こうで、微笑いを洩らす。

「……糖尿だから、中折れすることもままあるが、まだまだ元気だ。男の中折れは知っている？」

「知ってます、子供じゃありませんから」

「きみはいくつになるの？」

「……三十二です」

「まだ、二十代かと思ったが……」

「ありがとうございます」

電話の向こうで、沢木和貴は嬉々とした笑い声を爽《さわ》やかにたてた。

「……強がりを言ってもしようがないから、正直に言うが、エッチのとき女性の協力がないと元気になれん。この意味、わかるかな……」

「わかりますよ。……あまり思いつめないで下さい。和貴が元気にさせちゃいますから……」

羞《は》じらいを帯びた笑い声を電話のさきで洩らす沢木和貴に、草薙はいつしか強く惹《ひ》かれていた。

「……和貴に期待しているよ」

電話口で相好を崩して言い、草薙は、相手の面映《おもは》ゆそうな含み笑いに鼓膜をくすぐられて、耳にあてていた携帯を切った。

2

草薙が恵比寿のウエストホテルの回転扉をくぐり、先にフロントに立ち寄って予約しておいたダブルの客室を借りる手つづきをすませ、キィを受けとって、約束の時間より少し早目にラウンジに入ってゆくと、先着していた沢木和貴が、人の影の薄いテーブル席の一つから、草薙に向かって、面映そうに微笑みかけてきた。

「……食事だが、鉄板焼きのレストランに席を予約しておいた。鉄板焼きでよかったかな?」

向き合って尻を沈め、コーヒーを頼んでおいて、草薙は、白のストライプの入ったシックな黒のスーツに身を固めた和貴に、表情をゆるめた。

「わたしは大好物ですけど、草薙さんは糖尿なのにいいんですか、鉄板焼きってお肉でしょう……」

コーヒーのカップを傾けながら、沢木和貴が艶やかな眼差しを向ける。

「たまには肉を食わんとね、パワーが出ない……さいきんは糖尿の血糖値も安定しているしね……。しかし、きみは珍しいね、俺に大丈夫かと訊いておきながら、俺のような枯れかかった男をセックスの対象にするんだからな……」

草薙の言葉に、きれいな頰をうっすらと赤らめた沢木和貴が、

「わたし、同世代の男のひとに興味はないから……」

きまり悪そうに微笑いかけて言う。

黒のスーツに都会的な肢体を固めているせいで、沢木和貴は昨夜、合コンの席上で見かけたときよりも清楚な印象で、肌の白さがきわ立って見える。

「つきあっている男はいないのかね？」

テーブルに運ばれてきたコーヒーをひと口啜って、草薙は目を上げ、和貴の胸の隆起を盗み見て、目を細めた。

「……いました。その人も草薙さんと同じくらいのお年でしたけど、あっちのほうは現役でしたよ」

「俺と同じ年齢で、いつもびんびんなのかね？」

窓のほうに視線を投げて、可笑《おか》しそうに羞じらい微笑った沢木和貴が、草薙と顔を合わせると、

「わたしとじゃないと、勃《た》たないと言ってくれて……、でもたまに駄目になることもあっ

て。それで草薙さんにあっちのほうを訊いてみたんですす……」

含羞みの表情で、ぬめらかな眼差しを、草薙に向けてきた。

「……いました、と過去形で言うところをみると、その人とは別れたの？」

「ええ。ついさいきん」

「どうして別れたのかね？」

草薙は咥えた煙草に火を点《つ》けて、訊いた。

「携帯のメールを奥さんに見られちゃって……」

「ということは不倫だったわけだ……」

バツが悪そうに微笑って、沢木和貴は、こくりと細まった頤《おとがい》を引いた。

「和貴は不倫は平気なんだ？」

「好きになっちゃったら、相手の人の年齢とか、奥さんがいらっしゃるとか、そういうのって、関係なくなっちゃうもの。それに、同世代の男性だとこういう一流ホテルには連れて行ってもらえませんよ」

「……別れた相手だが、なにをしている人？」

「不動産を扱う会社の社長さん……」

「経済的な援助はしてもらっていたのかい？」

　和貴はかぶりを振ってみせた。

「俺は援交でもいいぞ」

　沢木和貴が微笑いながら、草薙を見つめて言った。

「わたし、そういうのって、好きじゃないから。束縛されるのって、駄目なんです。……お互いに会いたいときに会って、こういうホテルでお食事したり、アレしたりって、関係のほうが好き」

「わかった。じゃあ、そういう関係を愉《たの》しもう……」

　草薙は喫っていた煙草を揉み消して、伝票のシートをとり上げた。

「七時にレストランを予約してあるから、そろそろ行こうか」

　和貴が嬉々とした顔をつくって頷きかけ、バッグをとりあげて、立ち上がる。

　草薙はレジをすませると、エレベーターで、沢木和貴を最上階の鉄板焼きレストランに連れて行った。

　カウンター席に並んで坐り、ビールを貰って乾杯すると、伊勢エビや鮑《あわび》を目の前で焼いてもらう。

　二人の背後は広く切られたガラス窓になっており、ロマンティックな夜景の眺めも、食事のムードを盛り上げる雰囲気づくりにひと役買っていた。

豪勢な食事が前戯になったのか、客室に向かうエレベーターのなかで、沢木和貴の双眸はうるみをたたえて妖しく光り、草薙がキスを求めると、待っていたように唇を合わせ、目を閉じた。

草薙が舌を入れると、やわらかな舌が彼の舌の先に巻きついて、ちろちろと悪戯っぽく踊った。

草薙はキープしておいた客室におさまるなり、明かりを入れたベッドルームでネクタイをほどきとり、上衣をとりはらって、靴を脱ぎ、部屋履きにはき替えている沢木和貴を抱きすくめると、キングサイズのベッドの上に押し立てていった。

「あーン、せっかち……」

沢木和貴は面《おもて》を赤らめ、笑って草薙をうるんだ目で詰《なじ》ったが、広いベッドの上に押し倒されて、乗りかかった草薙音弥に口唇を塞がれると、おとなしくなった。

素直に男の舌を口中に迎え入れて、繰り出した舌を草薙の舌の先にじゃれるようにからめる。

草薙が、やわらかく厚みのある舌を吸って、接吻を解くと、沢木和貴は喘ぐように鼻を鳴らして、今度は自分からキスをせがみ、下からしがみついてきた。

草薙はもう一度、深く唇を合わせて、粘っこく舌をからめ合い、合わせた口の中で跳ねる和貴の舌を強く吸った。

「……んッ、ああン」

和貴の利口そうな顔が昂奮しきったように淫猥にゆがみ、草薙が身体をベッドの上にずらせて、服を脱がそうとすると、身をくねらせて、

「自分で脱ぐ！」

声音を上ずらせ、差し迫ったように言った。

「裸になる？」

身体を起こして訊く草薙の声も昂奮に掠《かす》れた。

目をあけて、草薙と顔を合わせた沢木和貴が、水気の強まった瞳で男の顔をじっと見つめて、こくりと頷きかけた。

「俺も素っ裸になるよ。シャワーはあとだ……」

草薙はベッドの上から床に降りて、ズボンのベルトをはずす。

沢木和貴は凜々《りり》しくもなだらかな頬を紅潮させて、ベッドを出ると、夜景が望《のぞ》める窓にカーテンを降ろして、草薙に背を向けながら、黒のスーツを脱ぎとりはじめた。

全裸になるのは、草薙のほうが早かった。ベッドルームの明かりをナイトライトの薄灯りに整えると、キングサイズのベッドの上から上掛けの毛布をめくりどけて、床にはらい

落とし、先にベッドの上に移って、和貴を待つ。

背中に両手をまわしてブラジャーの止め金をはずし、ストラップを肩からすべり落とす和貴の丸々と張ったお尻のまろやかな眺めと、すんなりときれいに伸びた脚のラインが、草薙の欲情を煽《あお》った。

股間の男根が天を衝《つ》いて勃起する。

最後に水色のパンティを下肢から抜きとった沢木和貴が含羞みの笑みを浮かべて、股の間の黒々とした繁みを手で隠しながら、ベッドにはいってきた。

草薙の隆々と勃起した男根を目にして、好色そうに微笑いかけ、

「草薙さんが元気なので、安心したわ」

呟くように声音を忍ばせて、草薙の左側に色の白い、クリーム色の光沢をたたえる裸身をやわらかく横たえる。

草薙は和貴を横抱きにし、唇をむさぼったあと、相手を仰向けに寝かせて、三十二になる沢木和貴のすべすべした雪肌を撫でまわした。

和貴の裸身が身じろぐようにくねるたびに、円錐《えんすい》形の双つの乳房がゆさゆさと重たげな弾みを打つ。

「きれいだよ、和貴……」

甘い言葉をささやかれた沢木和貴が、顔をしかめて小さくかぶりを振りながらも、草薙に左の乳首の実を指で摘まれ、ひねりを加えて揉み弄《いら》われると、

「あッ……ああッ」

感じ入ったように、鼻にかかった喘ぎを洩らした。

「腋の下にキスをしたいがいいか？」

頷きかけた沢木和貴が、

「……汗臭いけど、いいかなぁ」

甘えるように訊きながら、真っ白い右の腕を顔のわきに持ち上げ、薄い灯りの下に魅惑の腋窩を晒《さら》した。

永久脱毛を施したように白々とした和貴の腋窩を、草薙はくり返し舐め上げる。馥郁《ふくいく》と香る汗の匂いも、舌で汲《く》みとる。

「くすぐったいっ……」

笑いながら、和貴が身をよじる。

「腋、感じないか？」

「……感じますよ、少しくすぐったいけど」

くぐもった笑い声を洩らした沢木和貴が、短冊状に繁った性毛をかき上げられ、びらび

らした肉の花弁を楕円にひらかれて、秘部の上端の突起を揉みころがされると、

「あッ……そこ、感じちゃって、だめっ」

ぴくぴくと、腰の肉をふるわせて、草薙の指腹の蠢きになまあたたかいうるみを溢れさせた。

「……感じやすいんだなあ、和貴は。指だけで、もうこんなにぐしょぐしょにして」

「草薙さんだから、濡れちゃうの……」

捲《まく》れひらいた二枚のびらつきの、裏側をこすりたてられた和貴の腰が迫《せ》り上がりを打って、いつしか白い股が無防備に大きくひらかれる。

草薙はこすりたてる指で円を描いた。

びちゃびちゃと溢れたうるみが左右に飛び散る。

「ああーッ、感じる……」

「どこが？」

「そこっ！　草薙さんに指でされているところ……」

「どこ？　どこが感じるか、言ってごらん」

「……おまナントカ」

「おまのあとを言いなさいよ」

羞じらいの笑いを低く洩らしながら沢木和貴が、草薙の胸に顔をうずめるようにして、女性器官の俗称を口にする。

草薙は、秘口から右手の中指をくぐりこませ、ねちゃねちゃした和貴の肉襞の洞《ほら》を搔きまぜるように捏《こ》ねまわした。

「あうーん、うッ……ああン」

獣のような呻《うめ》きを放って、沢木和貴はベッドの上をころげまわり、くぐりこんだ草薙の指に熱いうるみをそそぎ、

「いくっ！　だめぇ、いっちゃう！」

叫びを絞り出し、総身を突っ張らせて、のけぞり返った。

3

草薙は指を抜き出し、沢木和貴の顔の右側に踞《うずくま》って、昂然とたぎり勃った男根を和貴の面上に突きつけ、

「……咥《くわ》えてくれ」

一度達した沢木和貴に命じた。

目は閉じたまま頷きかけた和貴が、裸身を横にすると、踞った草薙の腰に両手をまわし、男のつややかな亀頭冠のふくらみに口唇を被せた。

目を閉じ眉間をゆがめつつ、ねっとりと舌をまわし、草薙の亀頭のふくらみを味わいつつ、含みこんだものを真っ赤《まっか》に火照らせた頬をすぼめて吸いたてる。

「……うむう、いい……上手だな、和貴は……」

「気持ちいい？」

咥えていたものをつるりと吐き出し、うるんだ目を上げて悪戯っぽく訊く和貴に頷きかけ、草薙は女の紅《あか》く火照ったなだらかな頬を棍棒のごとく勃起したおのがもので、ひたひたと打ち叩いた。

「いやぁん……」

顔を羞恥にしかめて甘い笑い声を洩らした和貴は仰向けになると、

「草薙さんのって、長いから昂奮しちゃう……」

喘ぎ声で言い放ち、腰を迫り上げて、身悶えを打った。

「別れた社長のものもでかかったか？」

「草薙さんほどじゃないわ」

羞じらい微笑って教える沢木和貴の、端《はした》なくひらかれた股の間に、草薙はまわり込む。

「……舐めてくれるんだ？」

「ああ、舐めたいっ……舐めさせてくれ」

「シャワー使ってないから、すこし匂うかもしれない……」

和貴が顔を横に背けながら、昂ぶりの声音で言い、草薙に双の脚をMの字に開脚されると、

「……恥ずかしいッ」

訴えつつも、はげしい身悶えを打った。

草薙は跪《ひざまず》きの姿勢をとって、楕円にひらいた沢木和貴の秘部に唇《くち》を寄せ、右手で性毛のむらがりをかき上げる。

上端の莢《さや》から飛び出した珊瑚《さんご》色のふくらみ勃《だ》ちに草薙の舌がからむと、

「あああーッ」

甲高《かんだか》い声が和貴の口から上がって、ベッドシーツから浮き上がった腰がぴくぴくとさざ波を立てた。

立ちこめる甘酸っぱく饐《す》えた臭気が、舌を踊らせる草薙を高揚させる。

和貴の股の間のまんなかから立ちこめる臭気には尿の匂いが微かにまじっていた。

楕円状にびらびらした花弁をひらいた女の部分が、草薙の舌がぴちゃぴちゃと水音を起《た》

てて踊るたびに、鉄板の上の鮑のように、ひくついて身をよじる。

「ああーッ、もう許して……そんなに丁寧に舐められると、どうにかなっちゃう……またイッてしまう」

「イッていいぞ。……別れた社長もおまえのここを丁寧に舐めたのだろう?」

「お尻の穴まで、舐めるの……」

「じゃあ、俺も舐めてやろう……」

草薙は、和貴の丸々とした臀部をもち上げ、双つの小山を横にひらいて、薄紫色に黒ずんだ排泄のすぼまりを、舌でくり返し舐め上げてやった。

「あああッ……ああんっ」

反らせた白い喉をふるわせ、和貴がベッドルームの空気をゆるがすような嬌声を上げる。

沢木和貴の排泄の孔《あな》は無臭であった。

尻の狭間にこもっていた清潔そうな香気に鼻孔を鳴らして、草薙は舌の先をくるめかせた。

だが、和貴の不浄のすぼまりは草薙に舐めまわされるにつれ、ぽっかりと螺旋状の暗い穴をひらいていた。

暗い径《みち》をのぞかせて、深海のイソギンチャクの触手のようにひくひくと開閉する穴の、収縮の蠢きが、舌先を送りこむ草薙を昂奮させた。

「……尻の穴がひらいてきたぞ」

「いやっ……」

「おならするときは、そう言ってくれ。口のなかに出されるのはかなわん」

「そんな……しませんよ」

くぐもった羞じらいの笑い声を可笑《おか》しそうにたてた沢木和貴は上半身をくねらせながら草薙の舌の先がぬめりと不浄の器官の内側に這入りこむと、ぶるっと総身を打ちふるわせ、

「……いやあっ」

悲鳴のような悦の声を上げた。

「こっちの穴でセックスしたことあるんだろう……、ケツまんこだよ、あるんだろう？」

「ないわよ、そんなえげつないこと」

顔を上げ、上体を起こす草薙を妖しくうるんだ瞳で見つめて、沢木和貴が含羞みの表情をつくる。

「おまえがつきあってた社長は、言わなかったか、尻の穴に入れたいって……」

「言わない」

可笑《おか》しそうに忍び笑った和貴が、草薙が膝行《しっこう》し、乗りかかっていくと、キスをせがみながら、

「和貴のお尻の穴でしたいとは言わなかったけど、三Pをしたいって言い出すことはあったわ」

微笑って、悪戯っぽく言った。

「……したのか、三P」

草薙は和貴の口唇を吸って、おのが猛り勃ったものを、沢木和貴の水田のような女の部分にあてがう。

頷きかけながら、沢木和貴が双の脚を跳ね上げ、横にひらく。

「おまえともう一人、女性が加わっての三人プレイか……?」

「ええ……わたしの女友だちを呼んだの、以前、ルームメイトだった……」

「ケツの穴でするより、三Pのほうがずっとえげつないじゃないか」

「そうなの? 三Pのほうがエロくて、刺戟的だわ。草薙さんもしたいですか?」

「やってみたいね、おまえとおまえの女友だちの両方のあそこに交互に突っこんでやるっ」

「そんな元気あるんですか？」

目の端で男の顔を悪戯っぽく盗み見た和貴が、草薙のものが深々とすべりこむと、

「ああーッ、草薙さん、すごく元気っ！」

男の背に両手をまわし、喉許を反らせた。

「……だろう。硬いか？」

「硬いっ！　きつくて、気持ちいいッ」

「なにが？」

「おちんちん！　草薙さんの……」

「ケツ穴にいれようか……」

「だめだよ……はいりっこないもん」

顔をしかめて沢木和貴が腰を迫り上げ、両手でひしと草薙の背にとりすがってくる。

「はいるかはいらないか、やってみないことにはわからんだろうが……」

「……はいりっこないわよ。それに痛そうだもの……お尻の穴って、入れるところじゃなくて、出すところだもん」

「なにを出すんだ？」

「……うんち。いやぁん」

顔を横にして湿った笑いを洩らした沢木和貴は、上体を起こして両手をベッドシーツにおき、屈めた身体を支えながら、草薙が三浅一深で腰を深く浅く送りこみはじめると、

「ああんっ、それ、好きッ」

草薙の双の腕にとりすがって、白眼を剝きながら、声をふるわせた。

「……もっと、奥、突いてッ」

「スケべっ」

「……和貴、スケべだもん」

沢木和貴が迫り上げた腰をゆすぶりまわす。

それに応えて、草薙が中折れも忘れて、ぐいぐいと、腰を打ちこむ。

「ああッ……いきそう」

頭を後ろに深くのけぞらせた沢木和貴が、声を引き絞って、草薙のはちきれそうな硬直を締めつけた。

魚の卵を無数に散らしたような肉の洞《ほら》のぴくつく蠢きが、草薙の射精を誘った。

「……俺もいきそうだよ。イクときは外に出すから」

草薙は掠れ声で言いながら、ざくざくと腰の動きを速めた。

「いくっ！　ああーッ」

濁った絶叫が和貴の口から弾け飛び、総身が痙攣したとき、草薙の口からも呻きがほとばしって、あわてておのがものを抜き出すと、草薙音弥は目もくらむような快感のうねりに痺《しび》れつつ、どくどくと打ち放って、果てていた。

4

合コンで知り合った沢木和貴と初めて情交をもった五日後、草薙は紀尾井町の規模の大きなホテルのコーヒーラウンジで、派遣の人妻、梶村かおりと退社後、待ち合わせていた。

草薙はフロントに立ち寄って、予約しておいたダブルの客室を借りる手つづきをすませてから、コーヒーラウンジに足を踏み入れたが、梶村かおりはまだ姿をあらわしてはいなかった。

社を出るとき、パソコンを叩いている彼女の姿を職場で見かけたので、退社に手まどっているのかもしれなかった。

草薙は喫煙のできるテーブル席を選んで、尻を沈め、コーヒーを頼んで、かおりを待つことにした。

ソファ仕立ての椅子の背凭《せもた》れに上体を倒して、顔の前で煙草のけむりをくゆらせていると、濃いグレーのスーツに身を包んだ梶村かおりが面映《おもは》ゆそうに視線を伏せつつ、草薙のテーブル席に歩足を進めてきた。

「やあ」

「こんばんわ」

照れたように微笑みかけながら、梶村かおりが草薙のわきに身体を沈め、紅茶を注文する。

「残業でもあったのかい？」

「ううん」

かぶりを振ってみせた三十一になる人妻が、艶やかな眼差しを、草薙に向けた。

「時任課長に頼まれた資料を作成していたの」

「時任には、わたしと会うと言って社を出てきたのかい？」

「そんなこと言いませんよ。草薙さんとのデートは社内の誰にも言ってないわ」

「そのほうがいいな……」

草薙は喫っていた煙草を卓上の灰皿に揉み消して、

「……部屋は上に取ってあるが、食事はあとまわしでいいかな？」

上品に紅茶のカップを傾けているかおりの端正に整った目鼻立ちの顔をのぞきこんだ。

「いいです。まだそんなにお腹空《なか》いてないし……」

梶村かおりが紅茶のカップを卓上に戻して、なまめかしい視線を草薙に返す。

草薙は残りのコーヒーを啜ると、かおりが紅茶のカップを空《から》にするのを待って、伝票のシートをとり上げた。

「行こうか」

「あ、はい」

かおりが素直にトートバッグをとり上げて、腰を上げる。

レジをすませて、草薙は梶村かおりを借りておいた客室に連れて上がった。

相手の色白の肌のすみずみまで知っているので、草薙はがつがつせず、客室のベッドルームにかおりと落ちつくと、

「先にシャワーいいぞ」

クローゼットをあけて、ネクタイをほどきとりながら、人妻のかおりに余裕の声を投げた。

頷きかけたかおりが、ナチュラルロングの髪を頭の後ろにまとめ上げながら、浴室に長い脚を向ける。

草薙はトランクス一つになって、ティッシュの箱をナイトテーブルの上に用意すると、肘掛け明かりをキングサイズのベッドのまわりだけを照らすナイトライトの灯りに整え、肘掛けに腰をおろして、煙草を喫った。

梶村かおりが、髪をほどいて胸許に流し、裸体の前をバスタオルで隠しながら、ベッドルームにあらわれると、

「ぼくも汗を流してこよう」

しおらしく鏡の前に佇《た》つかおりに言いおいて、バスルームに足を運んだ。

草薙がシャワーで汗を流し、さっぱりとして、バスタオルを腰の前にあてて戻ると、全裸の梶村かおりは先にベッドにはいって、ベッドシーツの上に透きとおるほど色の白い裸体をうつ伏せて、草薙音弥を待っていた。

男と女になった最初の夜は、控えめにベッドにはいってきた梶村かおりだが、草薙との情事に慣れたのか、それとも五十半ばの彼に心まで許しているのか、この夜のかおりは薄明かりの下に、白々と輝くお尻まで丸出しにしていた。

草薙は腰にあてていたバスタオルを捨てて、上掛けの毛布を床にはらい落とすと、かおりの足許のほうからベッドに上がり、

「おまえのぷりぷりしたこの丸く張りのある尻を見たり撫でたりするだけで、俺は勃《た》って

くるよ……」

梶村かおりの白い陶器のような臀部を撫でまわしながら、かおりの右側に裸の身体を横たえた。

「うふっ、ほんと？」

なまめかしく微笑ったかおりが、裸体を横にして、草薙と顔を合わせると、淫靡に目を細める。

「俺としたかったかい？」

唇を合わせ、濃密に舌をからめ合ったあと、草薙はかおりの左の乳房を右手で揉みしだきながら、ささやきかける。

目を閉じたかおりが、皓《しろ》い歯を見せて羞じらい微笑いながら、頷きかける。

「俺となにをしたかったんだ、ん？」

「ふっふふ、言わない……」

顔を赤らめながら、梶村かおりが裸体をふるわせる。

「おまんこ、だろう？」

草薙の言葉に小さく頷きかけたかおりは、乳首の実をひねりを加えて弄《いら》われると、鼻息を洩らして、淫猥な表情をつくり、裸体をくねくねとよじった。

「俺と会わなかった間、旦那としたか」

「……しちゃった」

「したのか、旦那と……」

含羞みながら頤《おとがい》を引いたかおりが、仰向けになると、性毛の繁りをかきあげて、秘部をまさぐる草薙の右の手指の動きに腰をくねらせる。

「おまえと旦那はセックスレスじゃなかったのか？」

「……珍しく夫が挑んできたの」

「いつ？」

「先週……金曜の夜かな」

「旦那の硬かったか？」

「……硬くて、すごかったわ」

「入れられたとき、どうだった、ん？」

「……夫とは久しぶりだったから、気持ちよかったわ」

草薙に秘部の上べりの鋭敏な肉の実を指腹で弄《いら》いころがされたかおりが、

「はうーん……ふうーん」

鼻を鳴らして、白い股を大きくひらきながら、腰を迫り上げた。

「……声、出したか、旦那とやりながら……出したのだろう、声？」

「……気持ちいいって言ったの」

「どこが気持ちいいか、はっきりと言ったんだろう、おまんこって」

「いやぁん、言わない」

「どうして言わないんだ？」

「どうしてって……夫婦の間で、そんないやらしいことは言わないもん……」

かおりが顔を左に背けて、羞じらい微笑う。羞じらい微笑いながらも、草薙の指の動きにうるみを溢れさせる。

「俺とするときは言うじゃないか」

「……草薙さんとは浮気だもん。不倫のときって、淫らになったほうが昂奮しちゃう」

悪戯っぽく言ってのけ、身悶えを打ったかおりが、草薙の昂奮に勃起したものをにぎりしめ、指で揉みたてつつ、

「……すごいっ！　こんなに硬くなってる……」

甘えるように声をふるわせた。

「……おまえが職場で見かけるときとは打って変わってスケベだから、硬くなるのさ。もっと硬くしてくれっ」

「舐める？」

梶村かおりが悪戯っぽく訊く。

「ああ、咥えて吸ってくれ……」

草薙は、濡れそぼったかおりの秘部から右手の指をしりぞけて、仰向けになった。

なまめかしくうるんだ目で草薙を見つめた梶村かおりは上半身を起こし、唇辺《くちべ》に好色そうな笑みをそよがせると、男の左側に跪《ひざまず》いた。

双つの乳房がやわらかく弾み、髪をかき上げて、羞じらいつつ顔面を伏せるかおりの仕草が、草薙を昂揚させる。

男の肉柱の幹に指を添え、亀頭のふくらみの周《まわ》りに舌をそよがせるかおりの奉仕に、草薙の腰が跳ねを打った。

「ああ、いい……おいしいか？」

「おいしいわ」

「旦那のもののほうが、おいしいのだろう……？」

「草薙さんのちんちんのほうが、おいしい……」

くすんと羞じらい微笑ったかおりが、草薙の亀頭冠のふくらみを含みこんで、唇をすぼめて吸いたてる。

「おおっ、いい……玉も舐めてくれ」

男の亀頭部のふくらみを唾液に光らせて、口唇をしりぞけたかおりが、含羞みに頰を紅潮させて、ふぐりをちろちろと舐めまわしにかかると、草薙は挿入を怺えられなくなってきた。

「もう入れたいっ」

草薙は上体を起こしにかかった。

「かおりが上になります？」

「いや、おまえに乗っかりたいっ」

男の身体の左側に裸体を仰向ける梶村かおりに、草薙は体勢を整えておおいかぶさり、おのがはちきれんばかりになったものを、かおりの秘口にあてがった。

力強く挿しこむ。

「ああーんっ」

泣くような声が糸を曳《ひ》いて、かおりの口から上がった。

草薙は、深く反りを打ってたわんだかおりの背に両腕をまわし、相手を抱きすくめつつぐいぐいと動いていた。

「ああーっ、ああんっ」

梶村かおりは両手をベッドシーツに横に投げ出し、跳ね上げた双の脚を草薙の尻に軽く掛け、たわわな双つの乳房を波打たせる。

泣き出しそうな顔つきが、草薙の征服欲を昂める。

「……旦那とやるほうがいいか、ん？」

「草薙さんのほうがいい……」

「旦那は若いから、俺より硬いだろうが……」

「でも、すぐイッちゃうの。それにめったにしてくれないし……」

草薙は、かおりの両手をもちあげさせ、頭の上で組ませると、汗に光る生白い左の腋窩を舐めあげながら、腰を使った。腋毛の剃り跡のざらざらした舌ざわりが、草薙を痺《しび》れさせる。

「あんっ、ああんッ……もうイッちゃう、イッちゃっていい？」

淫猥な表情を炙《あぶ》り出して、喘ぎながら、かおりが訊く。

「……いきなさい、好きなだけ」

草薙は上体をもたげ、かおりの双の脚を両手で胸のなかにかかえこみ、ぐいぐいと腰を打ちこんだ。

「ああんっ、だめっ」

かおりが白い胸を反り返らせ、顔を左右に打ち振りながら、がくがくと裸体を痙攣させた。

かおりが達したとわかると、草薙は胸のなかにかかえこんでいた彼女の双の脚をベッドシーツの上に降ろしてやり、やわらかくなった女体におおいかぶさって、梶村かおりの乳首の実を交互に吸ってやった。

「……ふむう」

息を吹き返したかおりが、草薙の背に両手をまわして、キスをせがんできた。

かおりの舌を吸いながら、草薙はおのが硬直が女体の洞《ほら》のなかで萎えてゆくのを実感していた。

「少し休もう、疲れた……」

硬度を失った草薙のものが、押し返されるようにかおりの女の部分から弾き出された。

「……内部《なか》に出してはいないからね」

ベッドシーツにごろりと横になる草薙にとりすがったかおりが、

「わかっているわ。草薙さん、お年だもの、途中でやわらかくなるのはしようがないわよ」

優しい視線を向けて、草薙の濡れたままの男根を泳がせた手指で揉み弄《いら》いはじめる。

「いいのか？　俺とつきあうとこれからも中折れすることがあるぞ」

「いいわよ、わたしは満足させてもらったし、あまり気にしないで。それより、出さないとすっきりしないんじゃないですか」

「自分の手で出したい。おまえの前でせんずりをかきたい……、いいか？」

頷きかけたかおりが妖しい目の色で微笑いかけ、

「出すとこ、見ててあげる」

草薙の腰の左わきに腹這いになると、髪をはらい上げて、左の手で男根をしごきはじめる草薙音弥の手淫を見守る。

「そんなに顔を近づけると、おまえのきれいな顔にかかるぞ」

「いいもん。顔にかけてくれても」

含羞みの声音で言うかおりの健気《けなげ》さに、草薙の昂奮が高まった。

草薙は膝を大きくひらき、硬度をたくわえはじめた男根をしごく手指のピッチを速め、

「……尻の穴をいじってくれっ」

掠《かす》れ声で、かおりに命じた。

男のふぐりを左の手の平で転がすように揉みたてていたかおりが頷きかけると、草薙の糞門を指さきで撫でる。

「ううっ、おおっ、いい……」

駆け上がってくる放射の快感に草薙は唸り声をあげ、

「おまえの顔にかけたいっ」

呻くように言うと、張りつめた肉柱の幹を烈しくしごいた。

「顔にかけてっ！」

「おおう、うむう……いくっ」

のたうちまわって、腹の肉を波打たせつつ、草薙は野獣のように吼えた。

白濁した精がほとばしり、梶村かおりの顔面を濡らした。白い礫《つぶて》のように飛び散る男の精を浴びたかおりが、

「すごいっ！　いっぱい出すんだっ」

ため口で言いつつ、昂奮に顔をしかめるや、草薙の射精がつづく亀頭のふくらみにかぶりついた。

乱戯のあとさき

1

秋が深まってゆく。

ビルとビルの谷間の陰でコオロギが鳴いていた。

午後の一時すぎ、会社の近くの蕎麦屋《そば》で、部下の時任とソバをたぐっていると、草薙の上衣の内側の携帯が鳴った。

とり出して、ひらいた携帯の液晶画面に目をやると、〈三矢建材〉の沢木和貴からだった。

「ちょっと失礼」

草薙は箸をおき、ソバをたぐっている課長の時任に言いおいて、席を立った。

携帯をもって廊下に出ると、受信釦《ボタン》を押して、耳に当て、

「ぼくだ……」

電話に出た。

「あ、わたしです、和貴……」

含み微笑《わら》いを乗せた沢木和貴の含羞《はにか》みの声音が、愛らしくひびいてきた。

「やあ、なに？」

「今夜ですけど、変更はないですか？」

「変更はないが、できたら、紀尾井町のオリエントホテルのバーで待ち合わせないか。ウエストホテルに電話を入れたが、部屋の空きがないそうで、ウエストのラウンジで会って、別のホテルに行ってもいいが、だったらオリエントのバーで会うほうが手っとり早いと思ってね……」

「いいですよ、オリエントでも。あのホテルも大きくて、素敵だもの」

電話の先で三十二になる沢木和貴がくすんと笑った。

「……本館のロビー階に〈カリブ〉という雰囲気のいいバーがあるが、そこで落ち合おう」

「わかりました」

「オリエントに部屋は押さえておいたから……」

くすぐったそうに電話口で微笑った沢木和貴が、

「会う時間ですけど、六時でよかったですか?」

甘えるように訊く。

「いいよ、六時で。愉しみにしているよ、今夜のデート……」

「わたしもです」

なまめかしい微笑い声を和貴が返してくると、草薙は携帯を切って、上衣の内側に戻しながら、店のなかに戻った。

「デートの打ち合わせですか?」

ソバを食べおえて茶を啜っていた時任が、椅子に尻を戻す上司に笑みを浮かべて目を向ける。

「ああ、きみが席をつくってくれた合コンで知り合った〈三矢建材〉の沢木和貴な、彼女と今夜会う」

草薙はさらりと言い、残っていたソバを食べおえると、煙草に火を点《つ》けた。食後の煙草をゆっくりとくゆらす。

「それはようございました。あの沢木くんは性格もよさそうですし、部長のような年配の紳士が好みなのはわかってましたから……。さいきんはどうなんですか、体調のほうは……」

「わりといい。中折れも以前ほどはしなくなった。もっとも、きみのようにひと晩に二発も三発もする気力はないが……」

時任が苦笑いしながら、

「よして下さいよ。部長のお年でひと晩に三発もしたら、むしろ異常ですよ。ぼくだって、近ごろは三発は無理なんですから」

上司をたしなめるように言って、伝票に手を伸ばした。

「そろそろ戻りますか」

「そうだな……」

草薙は喫っていた煙草を揉み消すと、時任の手から伝票をとり上げようとした。

「いいですよ。安いところはぼくが……、部長にはそのうち、豪華なディナーをおごってもらいますから」

「なら、そうしよう」

部下と顔を合わせて表情をくずし、草薙は時任と一緒にテーブル席から腰を上げた。

社に戻り、仕事を片していると、じきに帰社時間になった。

草薙は帰り支度をして、部長室を出ると、課長席の時任に、

「じゃあな、また明日」

声をかけ、

「お疲れさまでした」

時任熊男の明るい声を背に受けて、人事部のオフィスを引き取った。

社屋をあとにして、夕闇が降りた通りで空車を拾うと、赤坂に向かった。

オリエントホテルの前でタクシーを降り、正面エントランスをくぐって、先にフロントに歩を進める。

予約しておいた部屋の、投宿の手つづきをすませる。

客室のキィを受けとり、上衣のポケットにしまいこんで、沢木和貴と待ち合わせているバーに向かう。

照明を適度に落とした店内の、壁ぎわのL字のソファ席に沢木和貴はすでに先着し、赤ワインのグラスを傾けながら、草薙を待っていた。

草薙は足を踏み入れると、オフホワイトのスーツに身を固めた和貴に右手を挙げて、彼女の右どなりに尻を落とした。

「少し早く来てしまいました」

和貴が草薙と目を合わせ、利発そうな顔に微笑みをつくる。

大きな瞳に、草薙への情愛の光が悪戯っぽくゆらぐ。

草薙は〈響《ひびき》〉の水割を頼んでおいて、煙草に火を点けると、

「……三人で愉しむ件だが、きみの女友だちに話をしておいてくれたか？」

沢木和貴に顔をまわした。

先だって、和貴とベッドをともにしたとき、草薙が三Pをしたいと言うと、

「いいわよ。理恵《りえ》に話しておく」

悪戯っぽい目で微笑って、和貴は頷いてくれたからだ。

「……理恵はやってもいいって。ただ、今週は都合が悪いらしいの。来週の月曜か火曜なら、わたしたちがきめた時間と場所に合わせてくれるって」

沢木和貴がワイングラスを手に、草薙と顔を合わせて笑みを浮かべ、小粒の皓《しろ》い歯並をこぼす。

「理恵もわたしと同じで、同世代の若い男性には興味がないの。草薙さんのことを話したら〝いいわねえ〟って、うらやましがられちゃった……」

「以前、きみのルームメイトだったその女性だが、名前をまだ聞いていなかったね……」

「……門脇《かどわき》理恵。理恵は、理科の理にめぐむと書くの」

「美人かね？」

草薙はテーブルに出された〈響〉の水割を啜って、和貴に向ける表情をゆるめた。

「おとなしいけど、可愛らしい顔をしているわ。わたしから見ても、きれいだと思うけど……」

草薙に教えたあと、沢木和貴は笑いながら、

「でもだめよぉ、三人で遊ぶときは理恵としてもいいけど、彼女を気に入って、わたしを捨てて、理恵に乗り換えたりしたら……」

目の端で艶やかに草薙を睨《にら》んだ。

「そんなことはしない。俺はルールは守る」

言ってから、草薙は和貴に真顔を向けた。

「なにをしているのかね、彼女？　ＯＬか」

「宝石を扱う会社でジュエリィデザイナーをしているわ。ＯＬにはちがいないけど」

「……宝石デザイナーか。きみと同じ年？」

「わたしより一つ上」

言ってから、沢木和貴は赤ワインを唇許《くちもと》に運んで、

「来週のいつにします、三人でのプレイ……」

草薙を見つめる眼差しに悪戯っぽい光を好色そうにきらめかす。

「そうだな、月曜は定例の会議が夕方からはいっているから、火曜はどうだ？　火曜の六

時にこのホテルのこのバーで待ち合わせるというのは……？」

　頷きかけた和貴が、

「わかったわ。じゃあ理恵の携帯にそのようにメールを入れておく。もし待ち合わせの時間に変更があったら、わたしから草薙さんに連絡を入れるわ」

　髪をはらい上げて、澄まして言う。

　草薙は顎を引いて、

「きみと門脇理恵はすでに三Pは経験ずみなんだよな……和貴の彼だった不動産会社の社長とさ……」

　独りごちるように言いながら、含羞み微笑っている和貴に視線をまわした。

「……三人でどんなことをしたんだ？」

　身体を熱くしつつ、訊く。

「どんなって……三人で考えつくかぎりの恰好で楽しんだの」

　沢木和貴が唇辺《くちべ》に笑みをゆらして、草薙を見つめる。

「女同士でシックスナインなんかもしたのか？」

「しましたよ。理恵とはレズの仲じゃないけど、彼女とのレズ行為を見せてあげたら、彼、すごく昂奮しちゃって」

「俺も昂奮するだろうな……きみたちの、女同士の睦み合いを見たらさ……」

「なら、見せてあげる」

悪戯っぽく微笑いながら、沢木和貴は、草薙の耳に口唇を寄せた。

「……昂奮した彼と二人がかりで理恵を責めたら、彼女、潮まで吹いちゃって、大変だったの」

淫靡な目になって、草薙に囁きかける。

水割を啜る草薙の股間のものがズボンに窮屈なほど勃起してくる。

「……きみの女友だちに潮を吹かせようじゃないか。おまえと二人がかりでさ……」

「そうします？」

「俺は勃《た》ってきたよ。上に部屋はとってあるから」

羞《は》じらいの笑みを可笑《おか》しそうに振りまいた沢木和貴が、

「お食事はあとでもいいわよ」

意味深な視線を粘っこく草薙に向けてきた。

和貴のその言葉を潮に、草薙は喫っていた煙草を揉み消して、テーブルチェックで勘定をすませ、沢木和貴とソファ席から腰を上げた。

2

窓のさきに東京タワーが望《のぞ》める三十階の客室に沢木和貴とおさまると、キスをし合ってから、別々にシャワーを使った。

先に身体を流した草薙が明かりをキングサイズのベッドのまわりだけの淡い照明に整え、上掛けの毛布をはぐりのけて、床にはらい落とし、ベッドの上で素裸で煙草を喫っていると、シャワーを終えた和貴が裸身をバスタオルで包んで、ベッドルームに戻ってきた。

長大に、天井を睨んで屹立した草薙の赤黒い男根の眺めに、

「もう勃《た》っているんだ、草薙さん……」

美しく上気した顔に羞じらいの笑みをひろげて、ベッドの左サイドにまわってきた。

「……言ったろう、バーを出るとき。おまえと門脇理恵の三Pの話にすっかり刺戟されてしまったよ」

草薙はナイトテーブルの上に用意した灰皿に手をのばして、煙草を揉み消し、丸裸になってベッドに入ってくる和貴のほうに裸の身体をまわした。

「理恵に見せつけちゃおうか。わたしと草薙さんが愛し合うところ……」

絖白《ぬめしろ》く光る双つの乳房を揺らし、沢木和貴が、淫蕩な笑みを唇許に浮かべ、草薙の左どなりに小柄だが伸びやかな真っ白い裸身を横たえる。

「……刺戟的だが、彼女が可哀想だよ」

唇を合わせ、唾液の音を起《た》てて舌を吸い合ったあと、草薙は和貴の股の間の繁みを右手でかき上げながら、言った。

「いいのよ。理恵はどMだから、わたしたちの刺戟剤になることで昂奮するの……」

悪戯っぽく声音を上ずらせた和貴が、草薙のいきり勃った男根に左の手指を這わせる。

「俺と和貴のハメハメを見ながら、オナニーをするかな？」

「するんじゃない……」

目を閉じて微笑った沢木和貴が、仰向けに寝かされ、秘部の上端の鋭敏な肉の突起を弄《いら》いころがされると、

「ふむう……はうーんっ」

切なげに鼻息を喘がせて、草薙の男根の亀頭部のふくらみを右手の指で揉みたてた。

呻きを洩らして、草薙は、和貴の右の乳房の裾野を舐めまわす。

「おまえの女友だちのオナニーを見ながら、おまえとハメ合ったりしたら、俺は昂奮して

すぐイッてしまうかもしれん……」

「理恵にキスさせるまで保《も》ちこたえてよ」

裸身をくねらせて、和貴が喘ぎあえぎ言う。

固くなった肉の突起を揉みつぶす草薙の指腹の愛撫に、沢木和貴の腰がぴくぴくと迫《せ》り上がりを打って、楕円に捲《まく》れひらいた秘部のあわいにぬらぬらとうるみがひろがる。

「キスさせるって、どこに？」

「……わたしと草薙さんが繋《つな》がっているところよ」

「おまえの女友だちはそんなことまでするのか……？」

「するわよ。理恵は観淫と奉仕が好きなの……」

「おまえとやったあと、門脇理恵にも入れるぞ、いいか？」

「いいわよ。理恵に夢中にならなければ、理恵にも入れてあげて……この硬くて、長いのを！」

和貴の手指が、草薙の木のように硬くなった男根を慈《いつく》しむように激しくしごく。

「ううっ……」

草薙は唸り声を喉奥から弾けさせ、和貴の左の乳房にかぶりついた。

秘部の上端の肉の突起同様に固くふくらんだ乳首の実を口に含んで甘咬《あまが》みしつつ、吸いたて、身悶える和貴の左の腕を枕許に押し上げて、汗ばんで生白く光る沢木和貴のつるつるした左の腋窩を舐め上げる。

「……あッ、ああんっ」

甘い声をあげて、沢木和貴が顔をゆがめて、淫猥な表情をつくる。

昂奮した草薙は、上体を起こし、頭の向きをさかさまにすると、端《はした》ないほど大きな角度でひらかれた和貴の白い股の間に顔面を埋めた。

顎に和貴の繁みの毛がさわさわとまといつく。

楕円にひらいてそぼ濡れた秘部の、上端にむっくりと勃ち上がった敏感な実を口に含んで吸引する。

「ああーッ、いやぁん」

鋭敏な肉の突起を強弱をつけて吸いたてながら、草薙は、ホラ貝の口のようにひらいた和貴の秘口のほとりを弄《いら》う。

「……指、入れて！　手まんしてっ！」

沢木和貴があけすけに叫ぶ。

草薙は右手の人差し指を秘口からくぐりこませて、和貴のぶつぶつと粒立ちを集めた肉の洞《ほら》を掻きまぜるように捏《こ》ねまわした。

「ああんっ、いくっ！　だめえ」

和貴はがくがくと腰をふるわせ、双の脚を突っ張らせ、熱いうるみをくぐりこんでいる草薙の指に浴びせて、最初の頂上に昇りつめた。

草薙は、水飴《みずあめ》をぶちまけたような和貴の女の部分から指をしりぞけ、沢木和貴のひくつく腰を両手でかかえると、五体を反転させて仰向けになり、相手を自分の上にした。

草薙の上に裸身をかぶせた沢木和貴が、男の面上にお尻を乗せる恰好で、草薙音弥の屹立した男根を頬ばる。

和貴の舌が円を描いて滑り這い、亀頭のふくらみがあたたかく吸い上げられる。

「ううっ、おおっ……」

草薙は腰をもち上げて唸り、頭をもたげると、和貴の丸々と張った尻の割れこみを両手でひらき、彼女の薄紫色の排泄の蕾《つぼみ》に舌をくるめかせた。

「あッ、ああんっ」

和貴が草薙の肉柱を口唇から放り出して、泣くような声を上げた。

草薙は昂奮に挿入を怺えられなくなる。和貴が恥ずかしがるからだ。

「おまえのケツの穴を舐めまわしていると、我慢できなくなる……」

「わたしも！」

草薙の肉柱をしごきたてていた和貴が、男の上からベッドの上に出て、そのまま裸身を仰臥させ、身体を起こして体勢を整える草薙音弥に向かって、両手を差し出し、甘えるように微笑いかける。

沢木和貴の甘酸っぱい汗の匂いが噴き上がる雪肌の女体に、草薙は正常位でおおいかぶさると、珍しくすぐさま和貴を貫いていた。

「ああン……硬くて、感じるぅ！」

悩ましいよがり声をあげて、和貴が草薙の背にとりすがってきた。

抜き挿しするたびに、くちゃくちゃとぬかるみを捏《こ》ねるような音が起《た》つ。

「いやぁん、その音、卑猥！」

「恥ずかしいか、ん？」

「……恥ずかしいけど、かえって昂奮しちゃう！　……もういきそう！」

「気をやりたいのなら、先にイッてもいいぞ……」

草薙は両手をベッドの上におき、ぐいぐいと腰を使った。

ストレートに腰を打ちこむだけでなく、ぐるぐると腰をまわしこむ。

「ああーッ、いくっ！」

男の両の腕にとりすがった沢木和貴が白眼を剝いて唇《くち》をくいしばると、頭を後ろに深くのけぞらせ、草薙の下で汗ばんだ雪肌を痙攣に伸縮させた。

3

紀尾井町のホテルのバーに約束の時間に濃紺のスーツの沢木和貴と一緒に先着していた門脇理恵は、想像以上にしとやかな印象の美形であった。

茶のスーツに中背の肢体を包んで、和貴と並んで、カウンター席に坐って、ワイングラスを傾けながら、女同士、ひそひそと談笑していたが、部屋をとった草薙が二人の背後に大股で歩を進め、

「すまん、遅くなってしまって……」

和貴に声をかけながら、彼女の右どなりのストゥールに腰をおろすと、

「紹介するわ、親友の理恵……」

沢木和貴がにこやかに言い、草薙に門脇理恵を引き合わせた。

「……門脇です」

門脇理恵は手にしていたワイングラスをカウンターの台の上に戻して、ストゥールから降りると、笑顔をつくって丁寧に草薙に挨拶した。

栗色がかった艶やかな豊富な髪が、さらさらと肩先からこぼれ落ち、茶のスーツの膝丈のタイトスカートの裾からすんなりと伸びた脚のラインが、草薙の劣情を煽《あお》った。

微笑いかけると、雪のように白い頬に愛らしさと清潔な情感が浮かび上がる。

「……草薙です。今夜はよろしく」

草薙がストゥールに腰をおろしたまま、目を細めておだやかな声を投げると、

「あ、わたしのほうこそよろしくお願いします」

門脇理恵はしおらしく頬を赤らめて、席に戻り、髪をはらい上げて、

「素敵な紳士じゃない」

となりの和貴に、草薙の感想を小さく伝えた。

「……普段は紳士だけど、アレのときはいやらしいの」

沢木和貴が含み笑って、草薙に向けていた視線を、左どなりの女友だちにまわす。

「じゃあ、和貴にぴったりじゃない」

言いながら、門脇理恵がくすくすと笑って、目を伏せてみせる。

どうやら、沢木和貴と門脇理恵はお互いに相手の好色な性情を理解し合っているようである。

国産のシングルモルトの水割を啜りながら、草薙はズボンのなかの男根がみっともない

ほどむくむくと長大にいきり勃ってきた。

二人の妙齢の美女を相手に、ベッドの上で痴態の限りをつくす刺戟もさることながら、しおらしい門脇理恵が潮まで吹いて三人戯に狂奔する女性だというのが事実とすれば、その激しい落差に昂奮が高まる。

「どうする？　上にスイートルームをとってあるが、先に三人で食事をしようか？」

草薙はとなりの和貴に声をかけた。

「そうねえ……お腹《なか》も空いているし、そうしましょうか」

沢木和貴は目を細めて呟《つぶや》きかけると、となりの門脇理恵に顔を向けた。

「あなた、お腹、空いているでしょう？」

「……お昼を食べてないから、ぺこぺこ」

羞じらい微笑って、門脇理恵が言っている。

「理恵はイタリアンが好きなのよねえ」

「イタリアンには目がないの」

門脇理恵が小さく頷きかけると、草薙のほうにほっそりとした首をのばし、

「いいですか、イタリアンでも？」

艶やかな目を向ける。

「いいですよ。このホテルの最上階に夜景を眺めながら、パスタ料理を味わえる店があるから、そこに行きましょう」

「……素敵」

夢でも見るような顔つきで、門脇理恵が満足そうに呟きかける。

「和貴もいいかな、そこで……」

「いいですよ。わたしも高級イタメシがいいわ、今夜は……」

和貴がワインを飲み干して嬉々とした顔をつくると、草薙は勘定を頼んだ。

三人でバーを出て、最上階のレストランにエレベーターで上がる。

宝石をちりばめたような夜景が一望できる窓ぎわのテーブル席に案内されると、

「わァ、すごいっ」

門脇理恵は窓からの眺めに声をあげ、和貴のとなりにお尻を沈めつつ、

「和貴はいいわねえ、草薙さんにいつもこういう高級レストランに連れてきてもらっているのでしょう」

和貴に向かって、言う。

頷きかけた沢木和貴が、

「あなたも早く草薙さんみたいな人を見つけなさいよ」

親友に顔をまわす。

「心がけてはいるけど、いないのよ。草薙さんを貸して下さる？」

「わたしも一緒なら、いつでもオッケーよ」

「ふっふふ、いいわよ、それでも……」

「三人でまた会いましょうよ。草薙さん、理恵を気に入ったみたいだし」

沢木和貴が、煙草に火を点《つ》けている草薙の顔を悪戯っぽくのぞきこむ。

「気に入りましたよ、ぼくは……。今夜は和貴と一緒になって、ぼくを桃源郷に案内して下さいよ」

草薙は相好を崩して言い、赤ワインをボトルで頼んで、三人で乾杯のグラスを上げた。

サーモンのキャビアのせや、三種類のパスタ、メインの子羊のローストを平らげると、腹がくちくなった。

「宝石のデザイナーをしてらっしゃるなら、今度、セレブな婦人客を紹介しよう……」

デザートのメロンをスプーンですくっている門脇理恵に、草薙は煙草のけむりをくゆらせながら言った。

「ほんとですか？」

ワインの酔いも手伝ったのか、頬を美しく桜色に輝かせた門脇理恵が、

「お酒に酔ったから言うんじゃないけど、今夜はわたし、あなたと草薙さんの僕《しもべ》になってもいいわよ」

和貴に顔をまわしたあと、向き合った草薙に、水気を帯びたなまめかしい視線を向けてきた。

「わたしと草薙さんのアレを見る？」

沢木和貴が悪戯っぽい目になって、女友だちに淫蕩な笑みを向けた。

「見たい、わたし！」

門脇理恵の双眸がねっとりと輝く。

「わたしと草薙さんが繋っているところに、キスさせるわよ」

「なんだってするわよ」

「草薙さんにおしっこをかけてもらう？　あなた、好きじゃない、男のひとのおしっこを浴びるの……」

「……草薙さんがやってみたいって言えば、いいわよ、やっても」

面映《おもは》ゆそうに頬を赤く染めて、微笑いながら門脇理恵は、含羞みの表情で、草薙の顔を見つめた。

「待ってくれ。女性におしっこをかける趣味はあまりないんだ。それより、そろそろ部屋でゆっくりしないか。きみたちといると勃《た》ってきて困るよ……」

喫っていた煙草を揉み消して、草薙は照れながら、言った。

「じゃあ、お部屋に行って、わたしと理恵とで、桃源郷に連れて行ってあげるわ。早くそうしたいって、草薙さんの顔に書いてある……」

沢木和貴が含み笑って、草薙の顔をなまめかしくのぞきこむのを潮に、三人はテーブル席から腰を上げた。

三人分のレジをすませて、草薙は、和貴と門脇理恵をキープしておいた三十五階のスイートルームに連れて行った。

4

草薙が借りておいたスイートの客室は、広々としたリビングと寝室とに分かれていた。寝室とリビングはドアによって仕切られ、リビングの窓からは東京タワーが望めた。

「さすがにスイートルームはちがうわねえ」

「すごいお部屋。こんな部屋に泊まったらいいでしょうねえ。わたしも和貴に負けずに見つけなきゃあ、草薙さんみたいなお相手……」

二人の美女は口々に言い合い、三人で坐ってもゆとりのあるリビングの長いソファ椅子に腰をおろし、背凭《せもた》れに片方の腕を掛けてくつろぐ草薙の前に、なまめかしく微笑いかけながら、歩みかけてきた。センターテーブルが退《しりぞ》けられ、

「脱がしてあげる」

沢木和貴がネクタイをほどきとって、上衣をぬがせにかかり、門脇理恵がかがみこんで、草薙のベルトをはずし、ズボンを抜きとって、靴下をとり去る。

「おいおい……」

「いいじゃない。約束どおり、わたしと理恵とで夢心地にさせてあげる」

草薙はあれよあれよという間に、二人の女の手で、素っ裸にされていた。

股間の男根がリビングの明かりを浴びて、赤黒く輝き、跳ね上がりを打って、長大にそそり勃つ。

「いやぁん、草薙さんっておおきい！」

門脇理恵が茶のスーツを脱ぎとりながら、可愛らしい笑い声を洩らす。

濃紺のスーツを脱ぎとって、沢木和貴がランジェリー姿になると、

「わたしたちも裸になりましょう」

門脇理恵に声をかけ、キャミソールやストッキングもとり去ると、ブラやパンティまで

とりはらい、またたくまに全裸になった。

門脇理恵も微笑いながら、身に着《つ》けたものをてきぱきと脱ぎとってゆく。両手で髪をかきあげた沢木和貴が、草薙の右どなりに、白々と輝く双の乳房をやわらかく弾ませて坐りこむと、目を閉じて、キスをせがんできた。

草薙は和貴と唇を合わせ、唾液の音を起《た》てて舌を吸い合う。

和貴が舌をからめ合いながら、草薙の長大にそそり勃ったものを、這わせた手指でしごきたてる。

門脇理恵が全裸になって、クリーム色に輝く裸身をリビングの明かりの下に晒《さら》し、面映ゆそうに微笑って、草薙の足許に踞《うずくま》る。

お椀形の双つの乳房や股の間の黒々とした性毛の繁りが、接吻を解く草薙の目にまばゆい。

門脇理恵は三人で戯れる前にシャワーを浴びてきたいとはいわなかった。

草薙の趣味を和貴から聞いて納得しているらしく、男の屹立した男根の毛ぎわをにぎりしめ、幹から亀頭冠にかけてを、口唇の外に出した舌でくり返し掃《は》き上げ、

「……ちんちんの、おしっこと汗のこもったこの酸っぱい匂いって、感じるわ」

小さく鼻さえ鳴らして、うっとりと笑みを浮かべ、にぎりしめた棍棒のようなものに頬

ずりする。

門脇理恵が、草薙の硬起した男根を臍《へそ》側に倒して、ふぐりにまで舌を濃《こま》やかに走らせると、

「ああ、いい……昂奮するよ」

草薙は声を上ずらせて、右どなりの和貴の乳房の一つに吸いついた。

乳首の実を吸いたてられて、喘ぎを荒ぶらせた沢木和貴が、

「理恵、代わって……わたしも舐める！」

門脇理恵に掠《かす》れた声を投げた。

「もう少し、吸わせて」

ふぐりを舐めまわしていた門脇理恵が、とろんとした目になって言い、臍側に倒していた草薙の男根を垂直に立てると、亀頭のふくらみに舌をまわして、口唇に含みこんだ。

ねっとりとあたたかく吸いたてられて、草薙は顎をもち上げて、呻いた。

「ううっ……絶品だよ、理恵さんのシャクハチときたら……とろけるよ」

「やだ、シャクハチだなんて、お下品！」

顔をしかめながらも昂奮した和貴がソファからすべり降りると、門脇理恵の口唇から草薙の肉柱を奪いとって、床に跪《ひざまず》きつつ、競い合うように男のものを頬ばる。

門脇理恵が、草薙への奉仕を和貴にまかせると、立ち上がって、双眸をうるませながら、草薙音弥の左どなりに坐りこんだ。

草薙は、門脇理恵のお椀形の乳房の一つにかぶりつき、和貴に男根を吸わせつつ、右手で理恵の性毛の繁みをかき上げた。

門脇理恵の秘部は舟状にゆるみひらいて、粘り気のあるうるみにまみれていた。尖端の尖った鋭敏な肉の実も莢《さや》をはらって、生々しくふくらみ勃っていた。

草薙に、秘部の上べりのふくらみ勃ちを指腹で揉みころがされると、

「ああんっ、おおんっ」

門脇理恵は泣き声をあげ、草薙の薄くなった頭髪を両手でかきむしって、ソファの上で細腰を感じ入ったようにくねらせた。

草薙は、秘口から右手の中指を挿し込み、肉襞が複雑な畝《うね》をつくる門脇理恵の子宮につづく洞《ほら》を捏《こ》ねくりたてた。

「ああんっ、いやっ……ああーんっ」

喉を鳴らすようなよがり声を、門脇理恵は口から上げた。

びちゃびちゃとうるみが弾けて、門脇理恵の股の間から左右に飛び散る。

吸い立てていた草薙の硬直を口唇から解き放った沢木和貴が、

「……もう欲しくなったんじゃない、あなた、草薙さんのおちんちん」

ソファの上で身悶えを打つ門脇理恵に、濡れた視線を向けた。

「欲しいけど、わたしはあとでいいわ。それより見せてよ、和貴と草薙さんのまぐわい……」

喘ぎながら、門脇理恵が湿った声音で言う。

草薙は指を抜き出し、

「寝室に行こう」

ソファから腰を上げながら、床に踞《うずくま》っている和貴を促《うなが》した。

和貴が嬉々として、立ち上がる。

門脇理恵は、草薙の指戯で軽く達してしまったのか、ソファの背凭れに両手をあずけ、ぐったりとしていた。

門脇理恵をリビングに残して、和貴と一緒に小暗い寝室に入ると、草薙は、三人で寝《やす》めるほど広いキングサイズのベッドのまわりを薄明るくし、上掛けの毛布を床にはぐり落として、ベッドに上がった。

和貴もベッドに上がってくる。

草薙は横になって、裸身を横たえる和貴と抱き合い、唇《くち》を吸いあいながら、沢木和貴を仰向けにし、相手の秘部をさぐった。

和貴の秘部は濡れそぼち、上端の肉の突起も固く屹立していた。

「どうしたんだ、おさねをこんなに大きくして……」

こりこりした肉の突起を指腹で揉みこんでやる。

「あんっ、いやあん」

甘い声を洩らした和貴が腰を迫り上げ、波打たせて、

「……草薙さんの手まんで、理恵が泣き声をあげて、あそこをぐちゃぐちゃにするのを見ていたら、たまらなくなったわ。……わたしももう、ぐちゃぐちゃ。早く入れてっ」

鼻を鳴らし、右手で草薙の先走りの粘液に濡れた男根をにぎりしめる。

門脇理恵が気恥ずかしそうな笑みを唇許にたたえて、ベッドにはいってきた。

「まだ、入れてもらってないの？」

和貴の左側に横坐りになって、照れたように沢木和貴に訊く。

「これからなの……草薙さんって、焦《じ》らすから……」

目を閉じてふるえ声で言う和貴の右の脚をもちあげると、草薙は添い寝の姿勢を執《と》りつつ、おのがはちきれんばかりのいきり勃ちを、横合いから沢木和貴の女の部分にすべりこませた。松葉くずしの要領で、草薙に貫かれた和貴が、

「ああんっ、いくっ」

背を反り返らせて、喉を引き絞るような声をあげた。

「すごいっ！　ずっぽり入っちゃってる」

門脇理恵がベッドの上に跪《ひざまず》くと、もち上がった和貴の白い胸を舐めまわした。

「……わたしたちの一つになったところにキスをしてよ、理恵っ」

草薙にぐいぐいと突き穿《うが》たれた和貴が白い喉許を反らせ、火のように喘いで、狂おしく叫ぶ。

「いいわ、舐めさせて……ご奉仕させて！」

門脇理恵は声音を昂ぶらせて、顔面を同性の水飴を光らせたような股の間に寄せ、草薙の硬直の幹や和貴の鋭敏な突起に舌の先をちろちろと走らせた。

「……ううっ」

草薙は、あまりの猥褻感に果てそうになった。歯をくいしばって、和貴をざくざくと突いた。

「いくう！　もうだめえっ」

和貴の女体がはげしく痙攣した。

門脇理恵は、草薙と和貴に猥褻な奉仕を行なったことで昂奮状態になったのか、沢木和貴の左どなりに裸身を仰臥させると、右手を股の間に差し入れて、双の乳房を波打たせ、狂ったように自慰に耽った。

「理恵さんにも入れてやりたい、いいかな？」

草薙に囁かれた和貴が、ひくひくと白い身体をわななかせつつ、頷きかける。

「いいわよ。してあげて」

草薙は、和貴から離れて、身体を起こすと、沢木和貴の女体を跨いで、門脇理恵の足許に移った。

自慰に耽る理恵の八の字にひらかれた双の脚をVの字にもち上げ、股の間に膝行《しっこう》して、和貴の愛液を浴びて硬いままのものを、女の濡れそぼりの部分に押しあてる。

びくんと細腰を跳ね上げた門脇理恵は自慰を中断して、両手をベッドシーツに投げ出し、鼻を鳴らした。

「ああんっ、下さいぃッ……早く……」

「草薙さん、おまんこして下さいってお願いしないと突っこんではくれなくてよ」

和貴が横から言葉で理恵を追いこむ。

「あんっ、して下さいっ、……」

淫猥に顔をゆがめ、消え入るような声音で和貴に応じた門脇理恵を、草薙は力強く貫いていた。

「あああーッ、いくいく、いくうっ！」

門脇理恵は遠慮のない悦の声をあげ、細腰をゆすぶりまわした。

「舐めるのよ、理恵！　わたしのおしっこも、ちゃんと飲むのよっ」

同性の面上に跨り乗って股をひらく和貴の言葉に頷きかけた門脇理恵が、下方から舌をそよがせる。目もくらむような刺戟に、草薙は中折れすることもなく、おのれを抜き出すなり、大量の精を放射させていた。

○初出一覧

「好色くらべ」　『小説ＮＯＮ』平成十八年四月号
「前戯と挿入」　『小説ＮＯＮ』平成十八年五月号
「交際倶楽部の女」　『小説ＮＯＮ』平成十八年六月号
「熟年見合パーティの夜」　『小説ＮＯＮ』平成十八年七月号
「派遣の人妻」　『小説ＮＯＮ』平成十八年八月号
「合コンの妖花」　書下ろし
「乱戯のあとさき」　書下ろし

一〇〇字書評

花萌え

切り取り線

購買動機（新聞、雑誌名を記入するか、あるいは○をつけてください）

- □（　　　　　　　　　　　）の広告を見て
- □（　　　　　　　　　　　）の書評を見て
- □ 知人のすすめで
- □ タイトルに惹かれて
- □ カバーがよかったから
- □ 内容が面白そうだから
- □ 好きな作家だから
- □ 好きな分野の本だから

●最近、最も感銘を受けた作品名をお書きください

●あなたのお好きな作家名をお書きください

●その他、ご要望がありましたらお書きください

住所	〒				
氏名		職業		年齢	
Eメール	※携帯には配信できません	新刊情報等のメール配信を 希望する・しない			

あなたにお願い

この本の感想を、編集部までお寄せいただけたらありがたく存じます。今後の企画の参考にさせていただきます。Eメールでも結構です。

いただいた「一〇〇字書評」は、新聞・雑誌等に紹介させていただくことがあります。その場合はお礼として特製図書カードを差し上げます。

前ページの原稿用紙に書評をお書きの上、切り取り、左記までお送り下さい。宛先の住所は不要です。

なお、ご記入いただいたお名前、ご住所等は、書評紹介の事前了解、謝礼のお届けのためだけに利用し、そのほかの目的のために利用することはありません。またそのデータを六カ月を超えて保管することもありませんので、ご安心ください。

〒一〇一－八七〇一
祥伝社文庫編集長　加藤　淳
〇三（三二六五）二〇八〇
bunko@shodensha.co.jp

祥伝社文庫

上質のエンターテインメントを！　珠玉のエスプリを！

祥伝社文庫は創刊15周年を迎える2000年を機に、ここに新たな宣言をいたします。いつの世にも変わらない価値観、つまり「豊かな心」「深い知恵」「大きな楽しみ」に満ちた作品を厳選し、次代を拓く書下ろし作品を大胆に起用し、読者の皆様の心に響く文庫を目指します。どうぞご意見、ご希望を編集部までお寄せくださるよう、お願いいたします。

2000年1月1日　　祥伝社文庫編集部

花萌え《はなも》　長編官能ロマン

平成18年10月25日　初版第1刷発行

著者　北《きた》沢《ざわ》拓《たく》也《や》

発行者　深澤健一

発行所　祥《しょう》伝《でん》社《しゃ》

東京都千代田区神田神保町3-6-5
九段尚学ビル　〒101-8701
☎ 03(3265)2081(販売部)
☎ 03(3265)2080(編集部)
☎ 03(3265)3622(業務部)

印刷所　図書印刷

製本所　図書印刷

ISBN4-396-33317-X C0193
祥伝社のホームページ・http://www.shodensha.co.jp/

祥伝社文庫

藍川 京　蜜泥棒

好色詐欺師・鞍馬郷介をつけ狙う謎の女。郷介の性技を尽くした反撃が始まった！「蜜の狩人」シリーズ第3弾。

藍川 京　ヴァージン

性への憧れと恐れをいだく十七歳の美少女、紀美花。つのる妄想と裏腹に今一つ勇気が出ない。しかしある日…

藍川 京　蜜の誘惑

清楚な美貌と淫蕩な肉体を持つ女理絵《りえ》。彼女は莫大な財産を持つ陶芸家を籠絡し、才能ある息子までも肉の虜にするが…

藍川 京　蜜化粧《みつげしょう》

憎しみを抱いた男の後妻に心を奪われた画商・成瀬一磨。その美しくも妖しい姿態の乱れる様を覗き見たとき……

藍川 京　蜜の惑い

男に金を騙し取られイメクラで働く人妻真希。欲望を満たすために騙し合う女と男のあまりにもみだらなエロス集

藍川 京　蜜猫

妖艶、豊満、キュート。女の魅力を武器に詐欺師たちを罠に嵌める、痛快にしてエロス充満の長編官能ロマン